I0676757

Luca Bider

Vita, Essenza e Libertà.

Le Avventure di Viaggio di un Surfista Pellegrino.

Copyright © 2020 Luca Bider

Tutti i diritti riservati.

Questa opera è pubblicata direttamente dall'Autore tramite la piattaforma di self-publishing Kindle/Amazon e l'Autore detiene ogni diritto della stessa in maniera esclusiva.

Nessuna parte di questo libro può essere pertanto riprodotta senza il preventivo assenso dell'Autore.

*A Giuliano Bider,
grazie per esser stato un grande
e ci hai tramandato:
"quando a decidere sei tu,
non c'è paura o dubbio alcuno".
Alle emozioni che sono il
carburante
della nostra vita e delle azioni.
Al coraggio di scegliere l'amore
incondizionato
che riconnette all'infinito fiume
nella coscienza universale,
tutti unisce seppur è invisibile
alla vista ma non al sentire.
Molti lo chiamano Dio,
ad altri basta definirlo
"infinite stream of consciousness".*

INDICE

NOTA DELL'AUTORE

In questo libro vengono messe per iscritto le mie parole, proprio come le ho pronunciate davanti alla gente in alcuni dei moltissimi viaggi che ho fatto, negli incontri con gli alunni delle scuole di surf, nei colloqui con gli amici che chiedono consigli e nelle sessioni di coaching quando motivo i clienti a cambiare direzione nella vita.

Ho imparato che le parole che scegliamo, quelle che diciamo a noi stessi o agli altri e che vengono usate nei nostri confronti sono molto importanti.

Anche le parole hanno un'energia propria che influisce sulle nostre emozioni e sulla mente.

Gli episodi qui raccontati toccano esperienze a me molto care, per le quali ho speso molti anni di ricerca e viaggi. Mi auguro che questa lettura possa offrire ai giovani l'opportunità di una riflessione "adulta", e a chiunque vuole "un cambio di direzione" di raggiungere il proprio migliore presente.

A me è successo anni fa grazie all' incontro con lo scrittore australiano e viaggiatore del mondo Sergio Bambaren i cui innumerevoli libri, tra cui "Il delfino" e "Vela bianca", sono stati i miei migliori amici negli anni difficili dell'adolescenza, in cui mi sentivo a disagio e quasi sempre fuori luogo.

Le sue visioni e i suoi racconti mi hanno supportato nella speranza di aprirmi a nuovi orizzonti, mi hanno sostenuto facendomi mantenere in vita la credenza che al di fuori del mio piccolo mondo di adolescente, fatto di sfide quotidiane, esiste un mondo incredibile da esplorare.

Sergio Bambaren mi ha dato la spinta per costruire un percorso di vita fuori dagli schemi, senza paure, libera dal giudizio altrui, dai sensi di colpa, dalla timidezza.

Poi mi è tornato in mente mio cugino Massimo Battolla, poeta, storico e scrittore ligure, appassionato di Dante, dei libri del 1500, di Portovenere e delle Cinque Terre.

Al mio ritorno in Italia mi ha accolto con varie battute tipo:

"Hai fatto più chilometri di un astronauta, tu sì che hai viaggiato per tutto il mondo."

Spesso ci sediamo a discorrere e, mentre gli racconto alcuni particolari coloriti di personaggi, usanze, feste singolari delle popolazioni che ho incontrato ai quattro angoli del globo, gli rivelo l'intento di scrivere un libro:

"Massimo, tu hai scritto molti libri, poesie e hai una biblioteca degna di un rinomato storico, che cosa devo sapere prima d'iniziare?"

Le sue parole sono molto esplicative e dirette:

"Se non bussi alla porta non ti viene aperto. Molti parlano, parlano, ma non fanno niente, l'importante è fare!"

E ancora:

"Non usare un tono polemico. Sono esperto di Dante, che dice peste e corna di tutto, ma la Divina Commedia è già stata scritta. Tu racconta quello che ti viene in mente, racconta il bello delle tue esperienze."

Grazie allora cugino per avermi spinto a scrivere.

Ho deciso di seguire il fine, lo scopo dell'aiuto e ho pensato che questo libro poteva essere un modo per arrivare al cuore delle persone.

Luca Bider

1 - PREFAZIONE

"Le onde non si misurano in altezza ma in aumento della paura." Buzzy Trent, pioniere del Big Wave Surfing.

"La paura è l'energia distruttiva nell'uomo. Fa appassire la mente, distorce il pensiero, conduce a tutti i tipi di teorie straordinariamente intelligenti e sottili, assurde superstizioni, dogmi e credenze." Jiddu Krishnamurti, filosofo, oratore e scrittore indiano.

In questo libro descrivo il mio sogno più grande, quello di farmi spingere, con la tavola da surf, da onde più alte di me.

Quando ho realizzato questo sogno ho capito che le onde non si misurano in altezza ma in aumento della paura, perché quando ti fai spingere da un onda si può percepire l'energia della natura.

Ho anche vissuto l'emozione meravigliosa che il surfista prova quando con la tavola sei lanciato veloce e circondato d'acqua nel momento in cui l'onda si arrotola su se stessa creando un vuoto.

La sensazione è quella di planare attraverso due pareti d'acqua, come andare in bicicletta senza mani a una velocità considerevole.

Tieni conto che un metro cubo d'acqua pesa una tonnellata e l'onda si frange a una velocità compresa tra 15 e 25 chilometri orari, sprigionando parecchia energia.

Nella cavità dell'onda non serve sforzare la muscolatura, piuttosto il contrario, così come un volatile che plana ad alta velocità distendendo le ali in un movimento senza sforzo apparente.

Ho ora la certezza che per realizzare i propri sogni bisogna lasciarsi stupire.

Avere lo stesso sguardo di meraviglia di un bambino che gioca indisturbato.

Il piccolo umano vive solo quel momento, non è distratto da ricordi del passato e neppure in ansia per le aspettative del futuro.

Tutto si muove nella dimensione presente, qui, ora.

Allo stesso modo nel surfing ho assunto una totale concentrazione.

Nient'altro passa tra la tavola, l'onda e me.

Mi sono stupito quando ho compreso che il surf da onda ha assunto nella mia vita un significato molto simile a quello di una religione.

In sé la pratica non è un atto edonistico o puramente sportivo, piuttosto una celebrazione della vita in tutte le sue sfaccettature, in particolare rappresenta l'espressione di gratitudine verso la natura, gioia da condividere con tutti gli esseri viventi, interesse a diventare esperto di cibo salutare e rafforzamento del potere della mente.

"Con il surfing non si smette mai d'imparare."

In queste pagine ho deciso di raccogliere le impressioni dei miei viaggi intorno al mondo, in particolare del periodo dal 2016 al 2017, durante il quale mi sono spinto dalle **Maldive** all'**Indonesia**, fino alle isole del **Pacifico**.

Oltre al divertimento sulle onde, all'avventura e a nuovi amici, ero in cerca di un lavoro come istruttore, o guida di surf, o anche come fotografo.

L'ho trovato come aiuto per le relazioni con i clienti nei resorts alle **Mentawai** e a **Lombok**, e come fotografo alle **Fiji** per un surf camp.

Dopo un anno di pellegrinaggio sono andato in **Perù** per aiutare un gruppo di esploratori italiani, per poi ritornare alle **Fiji**, dove mi avevano proposto di lavorare, di comprare un terreno rurale e costruirci casa.

Poi sono tornato in Italia, e mi sono accorto di avere accumulato tante esperienze, di volerle condividere e di essere pronto a raccontarle.

In questo senso il libro è un documento che spiega, come la guida di un museo, e invita al viaggio.

Il lettore può riviverlo e farlo proprio con mezzi nuovi.

Leggendo i capitoli, messi in ordine geografico anziché cronologico, chi vuole andare in un'isola del Pacifico sa già cosa aspettarsi dall'ambiente, sia che si tratti di un viaggio d'esplorazione, di una vacanza o per un esperienza di lavoro all'estero.

Ho scelto uno stile colloquiale e semplice per raggiungere il cuore delle persone di ogni età, di chi è pratico di surf da onda e di chi ne sente parlare per la prima volta.

Per chi non ha familiarità con il *surfing*, il libro contiene, in fondo, il glossario dei termini specifici, spesso di lingua inglese, che compongono il vocabolario dei surfisti.

Chi ha già visto, nei nostri mari, qualche surfista destreggiarsi sulla tavola, sappia che qui le onde possono raggiungere un paio di metri di altezza dalla prospettiva di chi guarda della spiaggia.

In casi eccezionali le perturbazioni che transitano sulla nostra penisola, creano onde tubolari adatte ai più coraggiosi ed esperti in alcuni *spots* del litorale ligure, sardo e laziale.

Sulle rive degli oceani invece si può surfare su onde alte da uno a cinque metri dietro la faccia dell'onda, quindi con pareti frontali da due a dieci metri.

Quest'aumento di dimensioni rende l'esperienza del surfing tutta un'altra cosa, quasi come se fosse un altro sport.

In Italia si può surfare su un onda per pochi secondi al massimo, davvero poco.

Troppo breve per percepire qualcosa. In realtà l'emozione della prima onda non si scorda mai.

Fare amicizia con l'oceano e la sua forza è un'altra cosa.

Nei grandi oceani i surfisti possono stare sulla stessa onda per oltre un minuto, potendo così eseguire svariate manovre.

L'intento è di ottenere una surfata fluida, potente, veloce e precisa, e di adattarsi alle varie caratteristiche della parete di acqua che si forma mano a mano. L'onda s'infrange trasformandosi sotto i tuoi piedi.

In questo racconto non parlerò di surf nel suo aspetto sportivo, ma del suo legame con il viaggio, sia pratico che figurativo per i quattro oceani e dentro di me per evolvere.

La maggior parte dei surfisti italiani che si sono imbarcati in lunghe o brevi esperienze all'estero hanno spesso lo scopo di emozionarsi e divertirsi, ricercare onde più consistenti di quelle del Mare Nostrum.

Il mio modo di viaggiare è quello del surfista pellegrino.

L'avventura e la scoperta delle popolazioni, le persone di culture diverse, la vita con loro sono la mia motivazione.

Viaggiare da surfista pellegrino significa imparare un nuovo modo di muoversi, dando spazio a intuizioni e incontri, conoscere le persone che praticano il surf o chi è del giro.

C'è una grande differenza tra il recarsi in un nuovo paese con tutto prenotato dal divano di casa e il conoscere prima le persone e poi capire conversando, anche a gesti se necessario, dov'è meglio pernottare o mangiare.

Parlando con altri surfisti locali incontrati sulla spiaggia e tra le onde, è molto facile ottenere informazioni di prima mano su vitto e alloggio al di fuori del circuito turistico.

Si aprono porte di case che solo parlando con i locali sono accessibili, consentono di vivere il luogo come una persona del posto.

Lo scopo è quello di assorbire la cultura del posto e assicurarsi un contatto che faccia, sentire il calore delle persone, interessate alla tua esperienza quanto tu alla loro.

Certo, si hanno anche vantaggi economici, perché si vive senza sostenere i costi maggiorati per i turisti, ma è secondario.

Quante volte invece ci siamo chiesti come si vivesse in un luogo visitato per turismo o per lavoro?

Come trascorrano il tempo libero le persone che abitano lì, che usi e costumi?

Sono nate lì o la loro è stata una scelta consapevole, che forse ha richiesto delle rinunce?

Negli anni sono ho conosciuto tantissime persone che si sono trasferite in luoghi esotici scegliendo di abbracciare un nuovo stile di vita immerso nella natura.

Iniziamo insieme questo viaggio dalla prospettiva del surfista, che racconta fatti accaduti, luoghi visitati, esperienze vissute, persone incontrate ed emozioni provate.

Il drone del fotografo Julius vola sopra lo spot di Macaronis mentre mi faccio trasportare sull'onda, un chiaro esempio di come sia possibile coniugare passione e lavoro.

2 – PRIMI PASSI ALLE CANARIE

"La vera misura di un uomo non si vede nei suoi momenti di comodità e convenienza, bensì tutte quelle volte in cui affronta le controversie e le sfide." Martin Luther King Jr.

Nel 2008 mi trasferisco a tempo indeterminato a **Fuerteventura** nelle isole **Canarie** in cerca di una nuova vita.

Lì la mia, ora ex moglie, Juliana trova ben due lavori con tanto di assunzione mentre io vivacchio affittando i posti letto extra della nostra casa, soprattutto ad amici che ci vengono a trovare.

All'inizio il surfing è la mia unica preoccupazione.

Appena sveglio pattuglio alcuni *spots* della costa nord.

Le Canarie, sette, comunemente definite le *"Hawaii europee"* danno la possibilità di surfare tutto l'anno e offrono la consistenza delle mareggiate.

Possono produrre onde di qualità grazie ai fondali di lava vulcanica che ricordano le famose isole del Pacifico, conosciute per aver sviluppato la pratica del surf in tempi relativamente recenti.

Mi sono inventato il lavoro di creare degli arredi in legno su misura per le case di **Corralejo**, vivace località a **Fuerteventura** dove molti italiani si recano in cerca di lavoro e di una vita più sopportabile e meno stressante.

Un giorno il mio vicino di casa, un tedesco che vive con la moglie e fa l'idraulico, mentre sto costruendo delle mensole, e mi dice:

"Un lavoro ce l'hai già, non sono in tanti a farlo. Potresti oddrire i tuoi lavori di arredamento su misura."

Colgo l'attimo, cosa da imparare per cavarsela in ogni situazione, mi pare una ottima idea.

Ne parlo a Willy, un italiano che ho conosciuto lì affinchè possa spargere la voce.

Lui mi dice che gli serve una rastrelliera per cinque tavole da surf da posizionare verticali in un angolo di casa, che il legno è il suo materiale preferito e vuole che sia io a prendere le misure e fare il lavoro.

Stabiliamo l'ora e il giorno, quando è in pausa dal lavoro, per decidere dove e quando eseguire l'opera.

Mi racconta del suo amico francese Julien, uno dei primi *shapers* di **Fuerteventura**, come l'italiano *Wenzel Surfboards* o i fratelli venezuelani *Pecas*.

Shaper è l'artigiano che utilizzando la pialla, un flessibile con disco e carta vetrata, costruisce e modella una tavola da surf partendo da un blocco di poliuretano espanso che scolpisce come farebbe uno scultore col marmo.

Completa l'opera rispettando misure ben precise di spessore, lunghezza e larghezza che il cliente finale ha scelto per la propria attrezzatura.

Sono questi i tre parametri principali, ma un surfista esperto s'informa soprattutto sulle spigolature dei bordi e sulla curvatura della tavola per scegliere il modello ideale per proprie caratteristiche di surfata.

La tavola deve essere adatta al surfista che la usa e alle caratteristiche dell'onda che sceglie di surfare, che possono variare.

Un surfista con molte risorse si costruisce insieme allo *shaper* di fiducia un *quiver*, ovvero una collezione di almeno 5 differenti tavole.

Willy mi dice che questo *shaper*, Julien, si è trasferito dalla **Corsica** a **Lajares**, paesino a ridosso della costa nord di **Fuerteventura** e anni fa ha aperto un atelier dal nome *Joyas Surfboards*.

Mi conduce a casa sua, che si riconosce da lontano grazie alla vegetazione rigogliosa del giardino che spicca sul paesaggio brullo e quasi desertico dell'isola.

Quando lo incontro sta organizzando un viaggio di surf alle **Maldive** con un veliero turco.

Sarà accompagnato dalla sua ragazza di origine piemontese e altri due cinquantenni molto tranquilli a cui interessa solo surfare.

Uno è il datore di lavoro di Willy e l'altro l'amico francese dello *shaper*, che scopro esser uno dei primi europei a essersi trasferito in pianta stabile a **Lajares**.

Willy ci mette poco a convincermi di unirmi a loro, dato che sogno da anni di poter fare un viaggio del genere.

Avrei preferito organizzarlo con gli amici italiani attorno allo shaper *Wenzel*, ma sono tutti impegnati in lavori a tempo pieno.

D'altra parte quale momento migliore dopo essermi allenato costantemente per tutto il periodo invernale, caratterizzato dalla costanza di condizioni meteo-marine favorevoli alla pratica del surf!

Il posto è considerato da molti un ottima palestra per la varietà delle onde.

Qui possono infrangere su roccia lavica, su banchi di sabbia, essere piccole e grosse, veloci o ripide, offrono una gamma per tutti i livelli da principianti ad esperti.

Sento che andare alle **Maldive** con un gruppo di amici è un'occasione unica.

Per fortuna sono riuscito a risparmiare la cifra sufficiente per sostenere questa nuova avventura.

La sera esco raramente per incontrare gli amici nei bar o ristoranti perché preferisco leggere un libro.

Organizziamo una grigliata a casa una volta alla settimana a rotazione.

Proprio un bel gruppo di surfisti si è formato nei primi mesi di permanenza sull'isola!

Lesto mi preparo a partire per le **Maldive**.

Il veliero può ospitare dodici persone ma noi saremo solo sei.

Questo significa una cabina a testa, tanto spazio a bordo e poche chances di infastidirci a vicenda.

È risaputo, tra chi naviga, che imbarcarsi senza conoscere il temperamento degli altri passeggeri può risultare rischioso per la tranquilla convivenza.

Di norma i viaggi di surf di questo tipo sono abbastanza sicuri, buona convivenza a bordo perché si crea subito uno spirito di squadra, dato che tutti vogliono sfruttare al meglio il tempo a disposizione.

L'obiettivo comune dei surfisti è prendere il maggior numero di onde e ritrovarsi con un bel ricordo del viaggio.

Nella mia esperienza ho chiesto a varie persone di molteplici nazionalità se fossero a conoscenza di episodi sgraditi che hanno rovinato o incrinato l'atmosfera a bordo durante i viaggi di surf.

Le risposte che ho annoverato sono state:

> "i francesi sono competitivi quando si è in acqua a surfare ed anche in gruppo sulla barca, gli americani si ubriacano, i brasiliani fanno comunella e spuntano come funghi su tutte le *line up*".

Mi rendo conto che sono tutti dettagli che possono infastidire il surfista alle prime armi.

Per esperienza ritengo che una sana e buona dose di comunicazione a bordo possa far superare ogni problema immaginabile.

Per esempio un giorno surfo insieme a un giovane, molto abile a manovrare con la sua *short board*, ma che non rispetta le precedenze.

Lo avvicino e gli chiedo in tono deciso di adeguarsi alla semplice regola valida in tutto globo.

Lì per lì non la prende bene e risponde con fierezza che lui fa così anche a casa sua.

Surfa tutti i giorni nella famosissima area surfistica di **Biarritz** e **Hossegor**.

Allora mi avvicino alla sua zona di confort e gli dico in maniera più decisa:

> "Non sei a casa tua, forse in Francia puoi surfare così perché sono onde su sabbia, ma qui sono tutte simili, rompono sempre nella stessa posizione e direzione per cui si devono rispettare dei turni".

Penso di non aver lasciato dubbi col mio tono e lui capisce, e si adegua all'atmosfera di divertimento che ha trovato al suo arrivo in acqua.

In realtà poca cosa, solo un preciso chiarimento tra persone entusiaste e adrenaliniche per via delle forti emozioni provate durante questa magnifica attività, ora diventata disciplina olimpica.

A partire dalle Olimpiadi in Giappone del 2020 si svolgeranno gare a squadre di surf da onda.

Per chi non rispetta le regole, *droppa* qualcun altro o non mantiene la distanza di sicurezza risalendo verso la *line up* consiglio di avvicinarsi e farsi capire.

Spiegargli, con voce sicura e poche parole, quale regola è stata infranta, mettendo in chiaro di non voler discutere.

Queste poche regole servono per divertirsi sicuri e tranquilli.

Gira voce tra i surfisti europei che i peggiori a non rispettare le regole alle **Maldive** siano gli israeliani perché non comunicano con gli altri surfisti a eccezione del proprio gruppo di viaggio e non si curano di scusarsi se infrangono una regola.

Ho occasione di farmi spiegare questo presunto comportamento scorretto più tardi, da una ragazza israeliana che conosco nel 2010 in Sri Lanka, dopo che lei ha appena finito il servizio militare obbligatorio.

In seguito ne parlo anche con un israeliano conosciuto alle isole **Fiji** nel 2017, dove dormiamo nella stessa struttura economica sulla spiaggia.

Entrambi mi spiegano che in Israele, quando ci sono le onde, i *beach breaks* sono molto affollati, e le onde davvero piccole che rompono qui e la, generando gran appetito surfistico ed un ritmo molto diverso dal *line-up* di un *point break*.

Inoltre mi dicono che con il loro passaporto non ci si può recare in alcune località ben note per la consistenza di onde, come l'**Indonesia**, e quindi spesso surfano alle **Maldive**, che sono vicine, la distanza di un solo volo.

Occorre empatizzare e capire, chi viaggia deve sempre considerare che il suo modo di pensare, portato da casa, sviluppato per capire ciò che ti circonda, va riformulato quando in un luogo nuovo, le usanze cambiano e ci si mischia con persone che appartengono a culture diverse, per cui bisogna aggiornare la propria percezione.

Non serve molto per esser soddisfatti di un viaggio di surf in barca e, considerando che l'ambiente esterno spesso raffigura i nostri stati interiori, se qualcosa non va nell'atmosfera a bordo, la prima cosa da fare è chiedersi che cosa si stia provando veramente.

Invidia per un surfista più bravo?

Incapacità a condividere la gioia di un altro surfista che ha preso qualche onda in più rispetto a noi?

Bene, se così fosse, per superare questi ostacoli apparentemente esterni occorre per prima cosa rendersi conto che, se un giorno va meglio a lui, quello successivo potrà andar meglio a noi.

Questo si ottiene ponendosi dei micro obiettivi, come prendere un'onda in più ogni giorno, e ci si arriva concentrandosi su se stessi e sul movimento del mare dove infrangono le onde senza guardare gli altri con invidia.

Parlo per esperienza personale, queste cose mi sono successe.

Non serve scoraggiarsi, ma attuare una immediata introspezione per avere nuove visioni del viaggio.

D'altra parte in un viaggio di surf esiste sempre uno spazio per guardare dentro.

La pratica del surf da onda, a eccezione di chi la svolge con spirito meramente competitivo, è di per se un'ottima opportunità per godere del contatto con la natura e per ripulire l'anima in acqua.

Surfando si ha tutto il tempo tra un onda e l'altra per liberarsi da pensieri di invidia, gelosia, da malumori e da sensi di mancanza, di paura, di sentirsi inadeguati.

Provare per credere!

Willy ha preso molto seriamente la preparazione atletica pre-viaggio, e lo capisco bene.

Dovendo spendere parte dei suoi risparmi per un viaggio di surf non vuole arrivare impreparato! Ma non è solo la forma fisica che conta.

Willy si è allenato con un personal trainer nella palestra di **Corralejo** e parte del piano di preparazione prevede di remare sdraiati sulla tavola con, attaccato al laccio di sicurezza, l'istruttore che fa da peso.

In mare, sulla tavola, bisogna remare con le braccia, usando in particolare i tricipiti, e si sforzano i muscoli del collo, spinto in avanti e verso l'alto per mantenere la posizione corretta, per potersi guardare sempre intorno quando si sta tra le onde.

Un lavoro muscolare stressante anche nelle zone del deltoide e trapezi.

Il punto però è un altro.

Occorre preparazione fisica, ma non serve diventare *Hulk* per poter surfare con soddisfazione, bisogna piuttosto allenare la mente a gestire le emozioni quando ci si troverà sopra fondali di corallo o roccia lavica, entrambi spesso affilati come coltelli!

Bisogna essere consapevoli che tra le onde degli atolli maldiviani e così pure di molte destinazioni esotiche l'acqua è spesso cristallina e trasparente e ha proprietà di lente d'ingrandimento.

Significa che al momento del *take off*, ovvero quando ci si alza in piedi sulla tavola, il fondale apparirà più minaccioso di quello che sia realmente.

In questo caso il trucco per superare questo ostacolo mentale è ripetersi che il fondale non urta.

È una strategia che mi insegnò un famoso fotografo e allenatore di surfisti e skaters americani, mentre stava spiegando ai propri clienti come concentrarsi sulla manovra e non sulla possibilità di cadere con lo skate sulle rampe o surfando un'onda durante la bassa marea.

Mi è capitato di veder persone che remano per prendere l'onda e all'ultimo istante ritirano la tavola sotto di loro lasciandola.

Così facendo danno l'impressione di non sapersi adattare al livello richiesto dalle condizioni di surf e non si divertono perché sprecano molte occasioni di surfare nonostante abbiano sopportato la fatica del viaggio.

Consiglio di iniziare su un onda più facile.

Esiste anche la tecnica per cadere evitando di farsi male.

Ti devi racchiudere a riccio e mai tuffarti di testa.

Una tecnica per evitare di farsi male è la seguente sequenza di movimenti.

Primo, spingi via la tavola nella direzione di marcia.

Secondo, muovi piedi in avanti ed prendi una posizione a L, formando un angolo retto tra busto e gambe.

Terzo, cercare di atterrare colpendo l'acqua prima di tutti con i muscoli dei glutei.

Per far capire meglio, noi istruttori di surf mimiamo davanti all'allievo il movimento e ricorriamo spesso alla metafora del paracadutista, a cui viene insegnato che, se dovesse atterrare dal cielo in acqua, deve allungare le gambe in avanti per fendere la superficie del mare e mantenere la posizione semi-seduta appunto per attutire l'impatto.

Immaginate che rischio se atterrasse in mare con un tuffo di testa!

Un consiglio su come controllare la tavola sotto il proprio peso e gestire i movimenti dei piedi, del bacino, della testa e delle braccia per una surfata fluida è ripetersi la frase:

"La tavola sono io e io sono la tavola."

Questo mi dice la mia amica d'adolescenza Silvia mentre ci alleniamo sullo snowboard.

"Se pensi di essere la tavola non puoi pensare che la tavola spigolerà e tu cadrai rovinosamente, altrimenti puoi davvero correre questo rischio."

Sentirsi tutt'uno con la tavola, significa che, nel momento in cui si vuole completare correttamente una manovra, ci saranno moltissime probabilità che così avvenga.

Partiamo per le **Maldive** con differenti compagnie aeree, per ritrovarci tutti quanti all'aeroporto di **Malè**, la capitale.

Da lì siamo accompagnati a bordo del veliero che diventa la nostra casa per le settimane a venire.

Durante il giorno pranziamo all'aperto, sotto una favolosa tenda che ombreggia l'ampio tavolo dove il cuoco srilankese ci serve abbondanti buffet a base di pesce e insalate, pasta, riso e frutta tropicale.

Di giorno ammiriamo la barriera corallina sotto di noi, che si colora riflettendo la luce dei coralli e della vita marina.

La sera guardiamo video di surf o compiamo brevi escursioni sulle spiagge degli atolli.

Il passatempo preferito dei miei compagni di viaggio è quello di pescare dalla prua del veliero, e non servono nemmeno le esche!

È sufficiente una canna con lenza e amo e la luce di una torcia che attira i pesci ad abboccare con tale facilità che spesso le nostre esternazioni di felicità rompono il silenzio delle calde e tranquille ore notturne quando siamo alla randa sopra la barriera corallina.

Lo scopo del viaggio è quello di surfare gli *spots* nei momenti propizi di cambio marea per poter sfruttare al meglio il movimento delle onde a ridosso degli atolli.

Nel giorno del mio compleanno le onde si srotolano con una perfezione tale da inebriare i miei sensi.

Infatti la mattina sono con Willy e Julien a **Cokes**, la *swell* produce cavalloni di qualità e di misura oltre l'altezza testa, *overhead* nel gergo surfista.

Ricordo ancora la faccia stupita di Willy che risale verso la *line up* e si trova di fronte a me che scivolo veloce su un onda stupenda.

Dalla sua prospettiva la perfezione del quadro è sicuro da cartolina!

Dopo un'ora e mezza di surf ci raggiungono Alice e altri due compagni della nostra avventura in barca.

Insieme un altro gruppetto di australiani cinquantenni che sanno il fatto loro.

Io sono già soddisfatto di aver impresso nella memoria il ricordo di un'onda cristallina turchese, la candelina sulla torta del mio compleanno!

"I giorni a seguire si svolgono con una routine di sveglia, surf, colazione, surf, pranzo, *snorkeling*, merenda, surf, cena, risate con gli amici e una sana sensazione di gratitudine, gioia e felicità e riflessioni."

Alice e Julien Sicre stanno trascorrendo quella vacanza in previsione di metter su famiglia, infatti ora hanno due figli bellissimi che crescono sulle spiagge selvagge di **Fuerteventura**.

Sono molto contento per loro e spero di andare presto a trovali per ricordare insieme il tempo trascorso in veliero.

Willy ha lasciato le **Canarie** per Barcellona, ma continua a viaggiare in Asia per scoprire nuovi paradisi terrestri e marini dove praticare surf e non solo.

So che è stato in Nepal, in India, in **Indonesia** e non vedo l'ora di incontrarlo di nuovo per condividere i racconti delle nostre avventure.

Un sogno in comune è quello di andare alle **Mentawai** in motorino, low budget, adesso che è fattibile, e questa potrebbe rivelarsi un'occasione per incrociare nuovamente le nostre strade e surfare insieme.

Spesso e volentieri discorro con surfisti che incontro in mare e mi riferiscono che alle **Maldive** si possono incontrare onde deserte, senza altri surfisti se non alcuni *locals* negli atolli a sud.

Ci sono imbarcazioni che percorrono quella tratta accogliendo gli ospiti a bordo, prelevandoli all'aeroporto degli atolli del centro sud che si chiama **Kadhdhoo**, collegato a **Malè** da un volo di circa un'ora e mezza.

Consiglio vivamente di prendere in considerazione un viaggio del genere facendo attenzione che ci sia una *swell* nell'oceano Indiano, una di quelle provenienti dal Sud Africa, per rimanere soddisfatti.

Probabilmente alcuni *spots* si attiveranno, solo pochi ne conoscono l'esistenza e hanno avuto la fortuna di condividerli con un ristretto numero di amici.

Bisogna informarsi approfonditamente su quali siano i mesi dell'anno favorevoli per quella zona, in base alle statistiche che si trovano sui siti specializzati nelle previsioni di surf.

Le onde che ho sempre sognato diventano realtà nonappena seguo il mio intuito, sopra il mio duck dive immortalato dal fotografo Simon 'Swilly' Williams.

3 - SONO ALLE MALDIVE

"Solo i nudi vivono nel Sole solo i semplici cavalcano il vento e solo chi si smarrisce migliaia di volte riuscirà a tornare a casa." Kahlil Gibran, poeta e visual artist libanese conosciuto per The Prophet, da cui hanno tratto l'omonimo cartone.

Nel maggio del 2016, divorziato, decido di lasciare l'Italia e crearmi una vita all'estero.

Voglio ripassare i luoghi che hanno generato dentro di me il principio, le ragioni, le emozioni del cambiamento.

Compro un biglietto di sola andata per **Malè**, che è ben collegata con l'Italia.

Cerco il biglietto aereo un mese in anticipo rispetto la partenza, tempo sufficiente per trovare su internet tariffe convenienti, possibilmente che sia la metà del prezzo medio.

Se il periodo dell'anno è quello in cui onde e vento sono appropriati si vola via!

Sei vai in vacanza ad esempio alla fine di gennaio o ai primi di marzo, c'è pieno di australiani che da loro è festa nazionale.

Quindi informati sulle festività, per trovare meno surfisti sapendo in anticipo quali periodi di vacanza evitare.

Per non dover mai più dire:

"Sono andato in tal posto a surfare ed era pieno di gente."

Sono partito da Malpensa per atterrare a **Malè** e spendere una settimana o due nella *Natural Surf House* gestita da Nacho, un ex-atleta spagnolo di surf, che ora vive tutto l'anno nell'isola dove si trova lo spot più consistente delle **Maldive, Jail Break**.

"Ah jail break quindi il *break* del *jail*... oppure *Jail Break* come evasione..."

Sì, avete capito bene, si chiama *evasione*, ma non serve farsi arrestare!

Ho scelto di stare in questa surf house perché aperta e gestita da un italiano, Giorgio, conosciuto proprio alle **Maldive**, durante il viaggio con gli amici delle **Canarie**, sul veliero turco.

Sento parlare italiano tra due surfisti durante una sessione di surf, nel giorno del mio compleanno, alla famosa onda che si chiama **Coca Cola**.

Mi avvicino chiedendo in quale barca stiano o se stanno a terra in un resort.

Così conosco Giorgio, che invita me e Willy a bordo della nave-charter che lui stesso gestisce in qualità di tour operator.

Mi dice che ha scattato qualche foto nostra, mentre usava l'obiettivo per zoomare sui surfisti italiani che viaggiano con lui e che, se vogliamo, ce le invia, così ci scambiamo i contatti.

Gli faccio i complimenti perché l'imbarcazione è molto moderna, soprattutto rispetto al veliero turco.

Non manca certo lo spazio nella zona comune, dove un ampio salone contornato di vetrate offre una vista dall'alto sul mare cristallino delle **Maldive**.

Si sta avvicinando l'ora di cena e ci stiamo congedando quando chiedo a Giorgio come è diventato tour operator alle **Maldive**.

Sono curioso di sapere come ha ottenuto il visto lavorativo, sto iniziando ad ammirare questo italiano che svolge un lavoro legato al surf e in un posto dove le onde non mancano mai.

Mi dice che è figlio dell'ex console italiano a **Malè** e, quando suo padre è stato trasferito, ha deciso di rimanere alle **Maldive** e avviare la sua attività.

Aggiunge poi una cosa più interessante e che colpisce la mia immaginazione. Sta per aprire una casa per surfisti sull'isola di **Jail Break** e mi dice di andare a trovarlo.

Anni dopo gli scrivo una mail e lui mi risponde che sta lavorando come fotografo su una barca per surfisti intorno agli atolli di **Malè** e che la casa per surfisti l'ha venduta a uno spagnolo, un certo Nacho, e di andarci ugualmente, che ci si sta bene.

Così, nel 2016, prendo il volo e vado alle **Maldive**, destinazione **Jail Break**.

Sono d'accordo che Nacho mi viene a prendere in aeroporto, così, del tutto tranquillo, ritiro il voluminoso porta tavole con all'interno la mia attrezzatura, che mi accompagnerà durante i mesi a venire.

I porta tavole sono come dei coccodrilli, così li battezzò un mio caro amico durante il primo viaggio partendo da Fiumicino nel 2001.

Il nome deriva dalla forma del porta tavole, che si spinge con delle rotelline fisse a una estremità e si apre con una cerniera che fa il giro intorno alla sacca e ricorda le fauci del rettile.

All'interno, di solito, due tavole ben imbottite e protette da materiale vario, come cartone, fogli da imballo con le bolle d'aria, pezzi di polistirolo, angolari da imballaggio.

Ho visto gente infilarci anche quattro o cinque tavole senza nessuna protezione e poi lamentarsi quando all'arrivo queste avevano subito danni provocati dal trasporto.

Di solito le compagnie fanno firmare uno scarico di responsabilità, sostenendo che eventuali danneggiamenti non dipendono da loro ma dal personale di terra addetto allo scarico e carico dei bagagli.

Nella scelta della compagnia aerea si deve considerare la tariffa del bagaglio sportivo.

A volte è compresa nel permesso bagaglio da stivare, altre è un extra che è difficile evitare.

A volte mostrando un tesserino di un club di surf gli addetti al check-in chiudono un occhio, forse capiscono che l'attrezzatura è indispensabile per l'allenamento o lavoro legato al surf.

In altri casi proprio non ne vogliono sapere. A volte addirittura imbarcano un numero limitato di porta tavole per volo, per cui chi prima arriva al check-in, meglio alloggia.

Corre voce che alle **Canarie** alcuni surfisti locali che lavorano all'aeroporto come addetti bagagli, quando riconoscono una tua tavola straniera, la danneggino apposta per far sì che ci siano meno surfisti stranieri in acqua.

Io non ci ho mai creduto, sono passato innumerevoli volte dall'aeroporto quando vivevo alle **Canarie** e né a me né ai surfisti che andavo a prendere, nulla del genere è mai successo.

Vorrei piuttosto chiedere a chi aveva tavole danneggiate se si fosse curato di proteggerle con materiale da imballo!

Una volta superato il controllo passaporti, passo dalla porta scorrevole della zona arrivi ed entro nella umidissima e afosa area aeroportuale di **Malè**.

Come ogni volta che si arriva in un nuovo luogo, sale l'adrenalina sia per le onde che saranno davanti a casa nei successivi giorni di permanenza, sia per la nuova compagnia di amici e rete di conoscenze che si può stabilire.

Davanti a me alcuni negozi ed a un centinaio di metri, il molo, dove partono e arrivano innumerevoli vascelli e piccoli motoscafi.

Portano merci e turisti nei luoghi di destinazione, per lo più scenici resorts costruiti su atolli grandi quanto il resort stesso.

Noto delle persone che stanno sbarcando da un motoscafo.

Dall'abbronzatura, dall'abbigliamento e soprattutto dai grossi porta tavole, sono indubbiamente surfisti.

Mi chiedo come possano stare tutti dentro quel cabinato così piccolo.

Stanno probabilmente rientrando da una settimana di vacanza.

Cerco con lo sguardo qualcuno che potesse essere Nacho, pur non sapendo che faccia avesse.

Gli ho solo scritto una mail e contrattato al ribasso il prezzo del soggiorno che include pasti e stanza, mentre mi sono riservato di decidere riguardo il trasporto in barca verso i vari *surfspots*, una volta sull'isola.

Ho considerato che avrei potuto raggiungere il famoso **Jail Break** a piedi, per cui voglio dare al mio prossimo albergatore l'impressione di essere alla ricerca del miglior prezzo senza avere particolari pretese da classico turista.

Dare un impronta da surfista anziché da turista vacanziero di solito funziona.

Chi gestisce le strutture sa com'è un vero surfista, sa che non è alla ricerca di una vacanza relax e che difficilmente sborserà extra per cose inutili, estranee al suo stile di vita.

Il suo interesse principale è la ricerca dell'onda perfetta.

> *"Posa il telefono, metti via tutto e senti il tuo sangue pulsare in te. Senti il tuo impulso creativo, senti il tuo spirito, il tuo cuore, la tua mente. Senti la gioia di essere vivo e libero."*
> Patti Smith

Quando i surfisti se ne vanno, solo in aeroporto capisco che Nacho non c'è.

È già trascorsa un'ora dal mio arrivo, mi sembra un'infinità di tempo.

Non ho modo di chiamarlo e non mi va di acquistare una schedina telefonica che mi sembra una spesa inutile, visto che nei giorni successivi avrò accesso a internet via wifi.

Mi reco a un banco d'informazioni e chiedo di chiamare la struttura che mi deve ricevere.

So che c'è anche un trasporto pubblico per **Jail Break** ma gli orari prevedono la partenza solo il giorno successivo, alla mattina molto presto.

Dovrei pernottare da qualche parte ma non mi va proprio di perdere un giorno di surf, dato che l'unico spot a **Malè** è stato bandito per via della costruzione di un nuovo ponte.

L'urgenza è dettata anche dal fatto che le previsioni annunciano la coda di una grande mareggiata, per cui non c'è tempo da perdere.

Al banco della reception mi danno la possibilità di chiamare il numero fisso della struttura.

Una voce locale mi disse che Nacho non c'è, probabilmente è a surfare o all'aeroporto a prendere un ospite.

Rispondo che l'ospite sono io e che Nacho non si è visto.

La voce, in un inglese un po' maccheronico, con sfumature di accento indiano, mi esorta ad aspettare.

Da lì a poco un surfista sulla quarantina con un pappagallo colorato sulla spalla, che ricorda tanto lo stile di corsaro moderno con pantaloncini da surfista, si avvicina e, scusandosi del ritardo, che imputa al pappagallo, che è scappato e che lui ha dovuto riprendere prima di imbarcarsi e venire in aeroporto.

Non credo alla scusa ma l'importante è che sia arrivato.

Contrattiamo le condizioni del mio soggiorno e pago le prime notti e il trasporto sull'isola.

Per il resto, ritirerò dei dollari più avanti perché sono partito senza contanti.

Anni prima sono stato in Sri Lanka con il mio amico veneziano Riccardo Brussa.

Anche quella volta prenotato nulla a eccezione della prima notte.

Riservando solo per una notte si ha tutto il tempo per contrattare e cercare la sistemazione al minor prezzo e a volte con la miglior vista sull'oceano e la facilità di accesso alle onde.

Altro stratagemma che funziona molto bene quando s'intraprendono viaggi del genere, per ottenere minor spesa e maggior rendimento, è quello di avvisare il gestore che affitta le stanze che non si sa quanto tempo servirà la sistemazione.

Loro ovviamente cercano di chiedere un minimo di notti per garantire la stanza, ma in realtà, se ci si decide in fretta, non serve.

Puntando sul fatto che si resterà da un minimo di una settimana a un massimo di un mese si dà l'impressione di essere buoni clienti e ci si assicura che il gestore faccia del suo meglio per fornire un servizio decente.

Gioca molto a vantaggio anche la simpatia e la sicurezza che si mostrano quando si gestisce una prenotazione o si sta scegliendo una stanza.

Consiglio di pagare subito il meno possibile, per esempio solo la prima notte, dicendo che non si ha altro contante e che il giorno seguente si andrà a prelevare o che si vuol prendere tempo per decidere in base alle condizioni del clima e delle onde.

Insomma all'arrivo occorre giocarsi tutte le carte per assicurarsi un letto confortevole a buon prezzo.

Da ricordare che il prezzo si valuta rispetto agli standard di vita del posto e non a quelli europei.

Il tragitto sul motoscafo dura circa mezz'ora durante la quale parlo con Nacho per farmi conoscere meglio e per fargli capire che ho intenzione di fermarmi il più possibile alle **Maldive** senza spendere una fortuna.

La tariffa che mi propone è di circa 40 dollari americani al giorno con colazione, pranzo e cena.

Se ne aggiungo 20 posso usare della sua barca che quotidianamente porta gli ospiti a tutti gli *spots* nel raggio di 30 minuti dalla surf house.

Il che da la possibilità di sfruttare al massimo la successive *swells*.

Accetto senza far storie, so quanto sono più alti i prezzi dei resorts o delle barche charter nella zona di **Malè**.

Una volta sbarcati andiamo subito nella casa.

Mi trovo effettivamente davanti a un carcere, all'interno di un piccolo atollo, così ben nascosto che appena sbarcati, se Nacho non mi fa notare le mura di recinzione, non lo noto.

Nacho mi mostra la sistemazione, un letto a castello nella stanza più ampia dove alloggiano altri due surfisti italiani, suoi clienti abituali.

Il posto è molto spazioso e si affacciava su un'ampia zona comune ben curata.

Aggiungo che sono quì perché conosco Giorgio, l'ex proprietario e ideatore di quella struttura.

Lui non sembra tanto interessato, ma penso sia una strategia per non essere costretto a confrontarsi di nuovo sui prezzi, tanto che mi fa capire che mi sta trattando bene con una sistemazione a un prezzo più basso rispetto allo standard.

Poi furbescamente cambia argomento dicendomi che in quel momento della giornata l'altezza delle onde è di circa due metri e la forma concava della parete rende la surfata più veloce, motivi per cui tutti gli altri ospiti stanno surfando e che di lì a poco anche lui entrerà in acqua.

Non serve aggiungere altro per convincermi.

La cornice di cielo azzurro, il contrasto con il verde delle palme che frastagliano l'orizzonte completano il quadro tropicale a cui qualsiasi praticante ambisce.

Saluto la persona dello staff che mi ha risposto al telefono, mollo il bagaglio sul pavimento della stanza.

Avvito le pinnette sulla tavola più piccola, quella che si adatta alla maggior parte delle condizioni e che dà il massimo della prestazioni con onde medio piccole.

Percorro a passo spedito il sentiero che conduce a quelle tanto desiderate onde.

La stradina fiancheggia le mura e, a parte qualche militare in tuta mimetica e una specie di guardiola, non sento rumori molesti e non vedo altro che palme, vegetazione tropicale e dei lavori di scavo forse per ampliare l'atollo.

Sì, stanno aggiungendo qualche ettaro all'isola, drenando l'acqua allo stesso modo di quando in Italia bonificavano una palude e la trasformavano in zona edificabile.

Fiancheggiando il carcere penso alla scelta del nome dello spot.

Chi ha preso spunto da quell'edificio, che faccio fatica a immaginare, tant'è nascosto dalla macchia di vegetazione tropicale?

Abbandono quel pensiero appena giungo in spiaggia e guardo con occhio allenato il movimento dell'oceano per capire le caratteristiche dello spot e scegliere come entrare in acqua.

Valuto le correnti dell'oceano e cerco dei riferimenti a riva, per orientarmi di fronte alla terra ferma, comprendo esattamente dove infrangono le onde e quindi dove posizionarmi.

Osservo la surfata degli altri per rendermi conto di quale sia il loro livello di bravura.

Sono operazioni che ogni surfista dovrebbe fare per prima cosa, per capire chi tra i presenti conosca meglio lo spot e poterlo prendere a modello.

Seguendo questo schema risulta più facile e veloce ambientarsi alle condizioni specifiche del luogo, in quel determinato momento d'entrata in acqua.

Così facendo, si impara inoltre che è meglio riconoscere la forza della natura e a essere onesti con se stessi, ogni volta che occorre decidere se si è in grado di affrontare le condizioni mutevoli e impreviste dell'oceano.

Considerando l'aspetto imprevedibile della natura bisogna sapere di poter contare soprattutto sulla propria forma psico-fisica per affrontare quest'impresa.

Nacho mi ha avvertito di prestare attenzione a un paio di rocce sporgenti che sono scogli artificiali.

Sono un riferimento quando mi lancio sdraiato sulla tavola e inizio a remare verso il largo.

Li riconosco, mentre effettuo la prima *duck dive*.

Per oltrepassare un'onda e guadagnare il largo si usa questa tecnica, muovendosi come fa l'anatra, che spinge la testa sott'acqua, alza dietro di sé una zampa verso l'alto e, sfruttando la spinta di questo movimento, immerge poi tutto il corpo.

Il surfista utilizza questa tecnica afferrando con le mani e spingendo con le braccia la tavola sotto di sé per oltrepassare le onde che gli s'infrangono davanti mentre è sdraiato e sta remando verso il largo.

Mantiene il controllo della tavola mentre si immerge sotto la schiuma bianca, che si forma quando l'onda s'infrange, o attraverso la parete d'acqua nel caso in cui l'onda si stia alzando prima di rompere.

I *sets*, ovvero la serie di onde che si susseguono, non sono niente male, in effetti è bastato passare le prime due per convincermi di quanto le condizioni fossero molto divertenti.

Non vedo l'ora di creare quella sensazione che si prova quando, salendo sulla prima onda e, guardando l'orologio da polso, ci si rende conto che poche ore prima si stava volando o si era in aeroporto a centinaia di chilometri di distanza.

Quando con gli amici ci confrontiamo rispetto alla serie di condizioni favorevoli che valutiamo per scegliere uno spot, scherzando le definiamo l'allineamento di più pianeti!

Lo scopo di un surfista è quello di cercare la situazione in cui si allineino le condizioni favorevoli del vento, le opportune altezze di marea, la direzione e provenienza della mareggiata, valutando infine il periodo delle onde, che indica l'intensità e la frequenza delle stesse.

Non pochi dettagli che ci assicurano emozioni forti e sano divertimento.

Osservare il mare qualche minuto aiuta a capire cosa e come fare per divertirsi in sicurezza, prima di entrare in acqua per rendersi conto delle effettive condizioni.

Una cosa che ci diciamo spesso è:

"Il mare visto da fuori non è mai quello visto da dentro".

Significa che il set di onde che surfista sta guardando può essere meno grande rispetto alla media di quelli che arrivati quando ancora non si era lì a osservare.

È consigliabile sapere in anticipo che probabilmente ci saranno set di grandezza superiore alla media.

Questo è il momento di decidere che tavola usare e dove andare a posizionarsi una volta entrati tra le onde.

Serve una tavola appropriata e non rischiare di entrare in acqua quando le condizioni sono sproporzionate rispetto alle proprie capacità.

Il principiante non vede l'ora di entrare tra le onde, e deve innanzi tutto conoscere e osservare le poche, sane regole del surf.

Rispetta le precedenze, fai attenzione a posizionarti senza ostacolare gli altri e muoviti in armonia con la corrente del mare.

Con la tua imprudenza potrai ostacolare gli altri rischiando la tua incolumità e quella altrui.

In Italia, nella maggior parte dei casi si impara il surf sulle spiagge di sabbia o sulle rive di rocce, e quindi, per non rischiare grosso, basta chiedere consiglio al bagnino o ad altri surfisti.

Nell'oceano invece, dove il movimento delle correnti è più grande e imprevedibile, bisogna essere pronti a tutto.

Conoscere approssimativamente la conformazione del fondale, la tabella delle maree, la direzione delle onde immaginare le vie di fuga in caso si perda la tavola e ci si ritrovi tra le schiume da solo.

Quindi, o si è già esperti o per salvare la pelle ci si deve informare approfonditamente prima di avventurarsi in un'esperienza che può cambiare la visione della vita, in meglio o in peggio!

Non è la prima volta che surfo alle **Maldive**, sono abbastanza allenato.

Riconosco la dimensione dei *sets*, osservo con attenzione ogni surfista e paragonando la sua altezza e i suoi movimenti rispetto all'acqua della parete dell'onda.

Stabilisco che ho l'attrezzatura giusta e la capacità di divertirmi in sicurezza, anche se avrei potuto indossare i calzari per entrare tra le rocce senza correre il rischio di tagliarmi, pestare un riccio o scivolare.

Ormai è troppo tardi, sto già remando verso la *line up.*

I calzari da surf sono in neoprene e di vari millimetri di spessore, quelli per acque tropicali sono molto fini e fatti per riparare da escoriazioni da corallo, fondali lavici taglienti e ricci di mare.

Di forma simile, più alti sopra la caviglia e di maggior spessore, fino i cinque millimetri, sono quelli per i climi più freddi, più alti sopra la caviglia, che proteggono anche dal congelarsi le estremità d'inverno.

Sarei più rilassato se li avessi indossati ma preferisco sentire i piedi liberi da calzature, prestando molta attenzione a dove cammino sul basso fondale.

Non appena una grossa onda riempie con mezzo metro d'acqua l'area tutto intorno a me, mi sdraio sulla tavola e inizio a remare.

Il termine che indica questo gesto è *paddling*, ed è una parte fondamentale del surf, meglio la si pratica e più onde si prendono, divertendosi senza sentirsi frustrati.

In realtà non raggiungo il largo ma mi dirigo dritto verso la *line up* compiendo alcuni *duck dive* precisi e veloci.

Ormai la mia mente è in modalità liquida e sono connesso tramite il cuore al mare.

Sto per prendere la prima onda e godere le emozioni di pura gioia e appagamento.

Mi volto verso la direzione dove frange la prossima onda e noto che il surfista con precedenza non è riuscito a remare con sufficiente forza, seppur si trovasse vicino al punto di rottura dell'onda.

Mi rendo conto che non può prenderla, quindi non mi curo delle sue intenzioni e decido che è il momento del primo take off.

Ho ancora vivida l'immagine di quell'istante, sto sperimentando la sensazione di poter gestire la reattività delle quattro pinne che ho montato sotto il tail della tavola.

Sono talmente felice che non sento né la stanchezza del viaggio né la pressione delle altre persone, che mi vedono prendere la prima onda appena entrato.

In effetti di solito è giusta usanza lasciare le onde a chi già sta aspettando il proprio turno, rispettando chi è arrivato prima sulla *line up*.

Non voglio fare il fenomeno, ma la voglia di sentirmi in velocità sull'onda scatta in me nel momento che vedo un'onda non presa, e carpe diem, colgo l'attimo.

Risalgo poi verso le onde remando, mente in conto solo sorrisi e cenni di saluto da parte degli altri surfisti.

Penso che questa atmosfera in acqua sia quella che generi le migliori sensazioni per tutti quelli che stanno surfando nello stesso posto tropicale e nello stesso orario, nessun escluso!

Di solito nel surf si parla di orario, per capire e scegliere quale sia quello opportuno in base al vento, direzione e intensità, altezza della marea, scegliendo quello che si addice allo spot.

Nelle zone equatoriali o anche in quelle atlantiche europee di solito i momenti in cui la marea è bassa e sale verso la media altezza, oppure dalla media alla alta, sono le condizioni propizie affinché un determinato spot generi le migliori onde della giornata.

Conoscendo abbastanza bene un tratto di costa, si potrà già determinare quando madre Natura e Nettuno porteranno le condizioni al massimo della perfezione.

Solitamente la mattina dopo l'alba è il momento durante il quale il mare dà il meglio di sé, seppur non sia una regola fissa. È spesso opportuno dare un'occhiata allo spot.

Il surfista è solito alzarsi presto!

Non dimentico mai il momento della prima onda presa a **Jail Break**, perché un compagno di stanza dell'ostello *Natural Surf House* mi ha visto bene effettuare quella particolare manovra con una tavola molto corta rispetto la mia altezza, con le 4 pinnette devo aver spruzzato sufficiente acqua verso il cielo durante le manovre *off the lip*.

Così quella prima occasione è diventata la mia impronta e i discorsi durante il primo giorno di soggiorno sono del tipo:

"Sembravi un professionista, quando sei arrivato a surfare ci siamo chiesti chi fossi".

In realtà non mi sono mai sentito un professionista, quelli, li ho visti dal vivo, sono veramente di un altro livello, sembrano scesi da un altro pianeta, comunque i commenti dei nuovi compagni di stanza Davide e Vito alimentano la mia autostima.

Certamente, quando si viaggia da soli lontani da casa, fa bene all'umore sentirsi accolti in quel modo.

Probabilmente Davide, un pioniere del surf in Toscana, ne è a conoscenza perché ha viaggiato per parecchi anni per praticare surf.

Vito è siciliano e quando parlo a lui e Davide, la prima sera per presentarmi, capisco subito che sono due habitué del posto.

Si sta creando un'atmosfera di sano cameratismo.

Vito dice che si reca lì tutti gli anni a maggio, mese che coincide con il periodo di buone onde.

Abita in **Costarica** e una volta l'anno lavora in Sicilia, durante la stagione turistica, gestendo il bar fronte mare della sua famiglia.

Vito è amico del famoso surfista californiano Chris del Moro che ha nonni toscani e che proprio in Toscana ha dato corpo alla sua passione per il vino promuovendo il marchio *Zio Baffa*.

Ha anche prodotto il film sulla tradizione surfistica italiana intitolato *"Bella Vita"*.

Mi ripropongo di guardarlo appena possibile.

Quando ci si trova all'estero e si incontra un italiano, si cerca spesso di trovare amicizie in comune, che è motivo di conversazione e fa sentire vicini.

Sentire nominare un personaggio che ha girato un film in Italia e contribuito a sviluppare un'etichetta di vini toscana è come assaporare le origini della cultura surfistica italiana dalla quale ho attinto fin dall'adolescenza.

Chiedo a Vito dove vive in **Costarica** e quando mi risponde Santa Teresa un sorriso si disegna sulle mie labbra perché riaffiorarono i ricordi di un viaggio di alcuni anni fa.

Voglio sapere quanto è cambiata Santa Teresa, e sono piacevolmente colpito nell'apprendere che i posti dove sono stato a dormire e mangiare ci sono ancora, nonostante lo sviluppo inarrestabile della cittadina, al tempo solo un piccolo centro sulla spiaggia.

Capita spesso che un villaggio di pescatori, scoperto dai primi visitatori stranieri per le sue caratteristiche naturali, si trasforma in luogo hippie e poi, con l'industria del turismo legato al surf e con investimenti immobiliari, perde la sua caratteristica di luogo paradisiaco.

Nei miei viaggi per il surf, ho visto la trasformazione di **Bali** e **Praia da Pipa** in Brasile, prima e dopo il boom turistico e immobiliare.

Ci sono altri posti che stanno subendo la stessa trasformazione, per esempio un'incantevole spiaggia e baia ideale per il surf che si chiama **Are Goling**, che dista pochi minuti di motorino dalla ormai nota **Kuta Lombok** in **Indonesia**.

L'anno scorso ho lavorato in un piccolo resort che si affaccia su questa baia e ho chiesto ai ragazzi del posto se sarebbe loro piaciuto che diventasse come la stra-turistica Kuta a Bali. Tutti risposero affermativamente.

Credo che non si rendano conto che ogni giorno i surfisti si recano in quel posto delizioso, non a **Kuta, Bali**, proprio perché è ancora incontaminato e si respira aria non inquinata.

Ho constatato che i giovani locali non accettano questo discorso. La loro visione di futuro è diversa da quella di molti surfisti che vi si recano, a cui ha sempre fatto da attrattiva la natura selvaggia o quanto meno il contesto rurale di un luogo fuori dal caos cittadino.

Non tutti vedono questi aspetti allo stesso modo e non resta che accettarlo.

Prima di viaggiare per scoprire come si vive sulle isole tropicali ho voluto visitare le isole italiane.

Viaggiavo per lavoro come rappresentante, mi organizzavo nei fine settimana per non tornare alla base e trascorrere del tempo in giro.

Le prime furono le isole Tremiti, che mi fecero rabbrividire per l'incanto delle loro acque cristalline.

Poi riuscii ad andare a Ischia, a Capri, all'isola d'Elba, all'isola del Giglio, all'Isola Bella, in Sardegna.

Mi riprometto di andare a trovare l'amico in Sicilia appena possibile.

La vita in un'isola della **Maldive** è molto semplice e ripetitiva.

Ci si può vivere solo se si è appassionati di immersioni o attività legate all'oceano!

Compro quello che mi serve in un negozio che vende un po' di tutto, una specie di bazar.

Vado dal barbiere, non per il taglio capelli, ma perché Nacho mi ha detto che fa bene i massaggi al collo e, dato che un surfista usa molto i muscoli del collo, mi sembra una buona idea per rilassarli.

Una volta contrattato il prezzo, fissato in cinque euro, mi sottopongo a quella che si rivela una goduria totale per il mio collo.

Ogni tanto qualche curioso del villaggio si affaccia dalla porticina che da sul vicolo per spiare quel cliente fuori dalla norma che è in fase di trattamento.

Nel villaggio maldiviano la norma è la calma.

La gente è per lo più seduta in atteggiamento semi contemplativo.

Ancora di più nel periodo di Ramadan quando la maggioranza della popolazione si suppone dedicarsi a preghiere e riposo durante tutta la giornata.

Ramadan è un periodo durante il quale ai musulmani praticanti che si attengono alle regole dell'Islam non bevono ne mangiano durante le ore di luce per trenta giorni.

Se viaggiate durante questi giorni sarà innanzitutto molto difficile trovare aperti i ristoranti, bar o le bancarelle tradizionali prima del tramonto e i turisti spesso hanno disponibili meno servizi rispetto al solito.

Consiglio di individuare un negozio di alimentari dove il personale è disponibile a vendervi bevande e prodotti confezionati.

La gente del posto guarda lo straniero con un misto di stupore e incredulità, che per lo più sfocia in imbarazzo.

Constato varie volte che quasi tutti i bambini evitano di imbarazzarsi quando sorridendo mi corrono incontro per guardare da vicino ciò a cui non sono abituati.

In tal caso faccio sempre attenzione a incrociare i loro sguardi e contraccambio il saluto e l'interesse nei miei confronti con un ampio sorriso.

Quello che più mi piace è passeggiare tra le vie per chiedermi se sarei stato in grado di vivere per un periodo lungo in quel luogo.

Il calore nelle ore centrali della giornata è quasi insopportabile se non ci si ripara all'ombra e, se non c'è brezza, l'aria è appiccicosa.

Sudo dopo solo due passi sotto il sole.

Mi sposto da sotto un albero a uno spicchio d'ombra proiettato da una parete o una tettoia sporgente sui vicoli.

Sono molto belle le strutture fisse di amache o sedie penzolanti che i locali hanno posto sotto gli alberi della piazza principale del villaggio a cui si accede attraverso un portale abbastanza grande da poterci passare in cinque alla volta.

La piazza è sotto gli alberi e il fondo è di terriccio con qualche ciuffo d'erba.

I negozietti che si affacciano sull'area vendono un po' di tutto, gli articoli più diffusi sono tabacchi, caramelle, snacks e qualche souvenir.

Un bel negozio di oggettistica si trova nel vicolo che dalla piazzetta si dirige verso la *Surf House*.

Il proprietario ci sa fare, probabilmente è più esperto rispetto i colleghi dei negozi di alimentari, che quando entri ti salutano appena o se ne stanno a chiacchierare bellamente con qualche compare come se fosse entrato un fantasma.

Qui val la pena dar un occhiata alle piccole, ben fatte, sculture di legno, di color rosso mogano, che ritraggono figure marine.

Tartarughe, delfini, balene, squali o ogni genere di composizione marina in bassorilievo.

Chiedendo si può ottenere anche una scultura personalizzata, potendo attendere qualche giorno per il completamento dell'opera.

Ne ordino una, in una bancarella di un piccolo mercato artigianale, una composizione in legno, rettangolare, di circa 50 centimetri per 40.

Raffigura una grande onda sullo sfondo, due persone di profilo che guardano il surfista sull'onda e uno dei due lo indica con il braccio proteso in avanti.

In primo piano l'artigiano ha inciso in bassorilievo degli alberi tropicali.

La tengo ancora su una parete di casa, la spolvero spesso con un prodotto per il legno ed è ancora come nuova.

Nei giorni trascorsi sull'isola e tra le onde dell'Oceano Indiano frequento per lo più surfisti spagnoli.

Nacho è conosciuto come atleta nel suo paese d'origine e attrae molti spagnolo con il servizio che offre di trasporto e alloggio.

Si crea proprio una combriccola perché si fa colazione insieme, ci si imbarca sullo stesso vascello per raggiungere le onde di **Sultans**, di **Colas**, poi si pranza e si cena insieme.

Nella struttura ci sono alcune amache, una bella rastrelliera in legno dove riporre le tavole, una doccia all'aperto, accanto a una zona relax con dei tavolini sotto dei gazebo e un grande tavolo di legno dove si mangia comodamente in una ventina di persone, che è il numero di ospiti quando la struttura è pressoché al completo.

Il tutto in una cornice di pareti colorate e abbellite da artisti locali con murales o mosaici.

È proprio il luogo ideale per chiacchierare e fare nuove amicizie e poi l'atmosfera che si crea dopo aver condiviso dei momenti indimenticabili di surf è come un marker semi-indelebile.

La compagna di Nacho è molto carina e ospitale.

Si sono conosciuti perché lei voleva imparare a surfare ed è una cosa che spesso ho visto accadere in giro per il mondo.

Una ragazza si reca in un club di surf e s'innamora del gestore, del proprietario o di un dipendente perché è attratta dal quello stile di vita.

Il caso più eclatante l'ho visto alle **Fiji**, dove un'italiana in viaggio di nozze incontra un rasta locale, s'innamora, lascia il marito novello e ora vive sulla spiaggia con i figli e gestisce un ristorante di legno che il compagno ha costruito per loro.

Insegnano ai figli a suonare e intrattenere gli ospiti della loro struttura.

Da Nacho nei momenti di relax si possono sbirciare, dalla grande apertura che dalla sala da pranzo dà sulla cucina, i due dipendenti che si alternano ai fornelli e tagliano con cura frutta locale, verdure e prodotti d'importazione per preparare piatti di pesce, carne, risotti, pasta e altri, piatti che in un isoletta del genere sembrano quasi un miraggio.

Faccio fatica a realizzare che, pur essendo così isolati dal resto del mondo, posso mangiare come in un qualsiasi posto civilizzato.

Mi sarei accontentato di un pesce pescato e grigliato sul posto e della frutta, ma dopo ore di sudore durante la pratica del surf sono ben contento di rifocillarmi con quello che prepara lo staff!

L'esperienza alle **Maldive** a maggio 2016 è iniziata con il piede giusto.

La scelta di stare nella surf house di Nacho si rivela azzeccata per il periodo scelto, ancora fuori dall'alta stagione del turismo surfistico e del periodo di vacanze classico degli europei.

Questo significa meno gente in acqua, tempi d'attesa più brevi tra una surfata e l'altra, cosa che è desiderabile giungendo in una nuova destinazione, soprattutto dopo un periodo di astinenza.

Ogni surfista che vive in Italia sa perfettamente cosa voglia dire aspettare le mareggiate, spostarsi per inseguire le onde dove rompono e sfruttare al massimo la durata di una mareggiata, esser disposti a dedicarci tempo e denaro, carburante, autostrada, traghetti.

Quello che ci si può aspettare da un viaggio alle **Maldive** comprende tante ore spese in acqua tra le onde, nuove amicizie, conversare in lingua inglese o spagnola, possibilità di camminare attraverso ristrette spiagge di sabbia dove non si incontrano persone che prendono il sole in costume ma solo i pochi turisti o bambini del posto che si recano alla laguna per lo *snorkeling* o che si rinfrescano dalla calura.

Un surfista alle prime armi avrà onde su cui praticare tutti i giorni, se si adatterà al cambio delle maree e se si sveglierà all'alba.

I più esigenti possono sfruttare qualche, purtroppo rara, giornata ventosa da mettere in conto.

Surfisti esperti possono andare in caccia di grandi o grandissime onde, alte anche come un palazzo di quattro piani, i meno esperti vorranno solo godere di condizioni *glassy* o per lo meno con venti *off shore*.

Senza vento le onde saranno una superficie liscia come il vetro, *glassy*.

Un leggero o medio vento da terra, *off shore*, alza la parete dell'onda che risulta essere meno liscia rispetto condizioni *glassy*, ma da più spazio di manovra al surfista.

Una condizione non favorevole è quella di vento *on shore* che soffia verso la riva e, schiaccia l'onda diminuendo la parete da surfare.

Può succedere di essere stanchi per il troppo surf, **Surfed out**.

In tale condizione ci si dedica ad attività fuori dall'acqua, riposo e allungamenti dei muscoli o massaggi sportivi ove possibile.

Alle **Maldive** si può smaltire il **Surfed out** nel *Natural House Surf Camp* e partecipare a una delle escursioni da loro organizzate, oppure recarsi al resort di *Himmafushi* che lascia libero accesso a bar e piscina.

Personalmente ho preferito restare nella tranquillità della struttura di Nacho per immergermi nella lettura durante l'assenza del gruppo.

Una o due volte alla settimana Nacho organizza una grigliata di pesce a buffet sulla spiaggia nella direzione del porticciolo dell'isoletta.

Uno dei momenti che preferisco, molto piacevole, si svolge nella tranquillità che caratterizza la vita sull'isola, l'ambientazione è molto pittoresca e una band locale suona canzoni alla chitarra accompagnata da percussioni con tanto di amplificatore acceso per l'occasione.

I ragazzi della band hanno l'aria timida ma con il loro ritmo e accento tengono bene il palco.

Il repertorio varia dal reggae al rock, al pop con sfumature di blues.

La sensazione che si prova ad assistere a uno spettacolino del genere in un posto isolato dal mondo è speciale.

Questi ragazzi trasmettono allegria e gioia a un pubblico straniero di surfisti che non si aspettano di trascorrere una serata del genere.

"Che bei momenti!" mi dico al secondo o terzo giro di pesce al barbecue con salsa maldiviana e contorno d'insalata e patatine.

Altra opportunità fantastica è assistere alla gara di surf, organizzata dal *Four Seasons Resort* prima di partire.

Vedere dal vivo atleti professionisti di calibro internazionale che si contendono quelle onde tropicali è un sogno realizzato.

Sono ancora in contatto con i nuovi amici incontrati alle **Maldive**.

Mi è anche capitato di conoscere due ragazzi giapponesi, bravi surfisti, che poi avrei incontrato ben due altre volte nei mesi successivi in isole distanti, dove ci fu l'occasione di presentarsi e scambiare alcune battute in inglese durante le sessione di surf.

Questa è la prima e unica volta in cui incontro gli stessi surfisti in giro per il mondo, come per esempio una coppia proveniente dal Perù che inciderà molto sulla scelta di andare alle **Fiji**, viaggio del quale parlerò più avanti.

Nonostante le onde siano di buona qualità e il flusso di turisti non manchi, su quell'isola maldiviana non c'è quello che sto cercando.

Dopo aver dichiarato a Nacho quali sono le mie intenzioni, ovvero chiedere un lavoro come guida di surf, come istruttore o per le relazioni con i clienti capisco che tutto questo alle **Maldive** è irraggiungibile.

La possibilità di avere un visto è molto remota, a meno che qualche resort di proprietà di stranieri si impegni ad assumermi, ma questo è fuori della mia portata perché ho altri piani.

Sulle imbarcazioni charter per il turismo del surf lavorano esclusivamente persone srilankesi perché il loro compenso è adeguato agli standard del paese di provenienza e quindi favorevole solo per il datore di lavoro.

Lo staff comunque svolge molto bene il proprio lavoro grazie alle caratteristiche servizievoli e le poche pretese.

Trascorrono il loro tempo libero per lo più a riposare, ascoltare musica e pensare a cosa avrebbero potuto fare con i soldi guadagnati una volta ritornati in patria.

Spesso chiedo loro di raccontarmi come è la loro vita in Sri Lanka dove sono stato a surfare anni prima attratto dalla famosa onda di **Arugan Bay**.

I resoconti riguardano per lo più le aspettative dei familiari e la possibilità di migliorare le condizioni di alloggio, infatti spediscono a casa i soldi guadagnati con l'intento di costruire nuove stanze o migliorare quelle già presenti.

È arrivato il momento di volare via, ho deciso di non andare in **Sri Lanka** ma in **Indonesia**.

Ho intenzione di vivere con una comunità di italiani che si sta sviluppando nella penisola del **Bukit** a **Bali**, dove si concentra grande parte della scena surfistica.

Il morale comunque non è alle stelle. Ogni volta che lascio un luogo e le persone frequentate, mi sento malinconico. Mi sembra di lasciare una parte di me che è cresciuta con la nuova esperienza.

Nacho, che si offre di accompagnarmi in aeroporto, si accorge del mio cambio di stato d'animo e mi chiede di parlargliene.

In quegli istanti di navigazione verso l'aeroporto sono abbastanza taciturno ma riusco a dirgli:

"Sai mi sento un po' disorientato. Sto andando verso l'Indonesia, e mi chiedo se sto facendo la cosa giusta"

Spiego brevemente quale fosse il mio intento.

Lui, un surfista che aveva lasciato la famiglia e gli amici del paese d'origine spagnola, capisce che cosa intendo e perché sono malinconico.

Aspetta di arrivare al molo dell'aeroporto e, una volta vicini alla zona dei saluti e degli imbarchi, mi guarda dritto negli occhi per catturare tutta la mia attenzione.

Le sue parole sono poche, sincere e dirette al cuore:

> "Luca, quello che stai facendo, girare nel mondo in cerca di onde e di un lavoro legato alla tua passione, è unico. Concentrati sul fatto che poche persone possono ritagliarsi una fetta di vita per quello che vogliono fare, per cui non aver dubbi e ritieniti fortunato. Prima o poi troverai anche quello che stai cercando!"

Queste sue parole hanno l'effetto voluto grazie alla stima che ho in lui, dopo aver vissuto a casa sua nel mese trascorso sull'isola e capito che persona sia e quale scelta lo ha spinto ad un'avventura del genere.

Sento che il sentimento di amicizia e stima sincera è reciproco per cui non avverto più nessun dubbio e torno a focalizzarmi verso gli obiettivi immaginati e il senso del viaggio torna a bruciare dentro di me con una nuova fiamma di consapevolezza.

4 - PURA VIDA COSTARICA

"L'autoriflessione implica farti domande sui tuoi valori,
valutare i tuoi punti di forza e i tuoi fallimenti, pensare alle
tue percezioni e interazioni con gli altri e immaginare dove
vuoi portare la tua vita in futuro." Robert L. Rosen,
produttore e assistente alla regia, noto per The Crow (1994),
Spy Hard (1996) e Courage (1984).

Arrivo in **Costarica** nel 2006.

Ho sentito da amici e da alcune guide che la città di **San Josè**, dove atterrano i voli intercontinentali, è famosa per le rapine ai turisti, specialmente all'uscita dall'aeroporto andando in hotel in taxi o agli sportelli bancomat prelevando la valuta locale.

Mi preoccupo per la prima possibilità perché sto viaggiando con la mia ragazza e non voglio certo rovinare il mese costaricano che ci aspetta con una rapina in taxi tra aeroporto e hotel!

Il problema di prelevare non mi tocca, posso usare tre valute in **Costarica**, il dollaro statunitense, l'euro e il dollaro costaricense ho sempre qualche euro o dollaro in tasca. Evito così di prelevare per le vie malfamate della capitale.

Occorre informarsi prima del viaggio sui cambi e decidere dove cambiare, al limite all'aeroporto di partenza.

La scelta si fa in base alle commissioni o altri fattori di varia importanza.

Meno facile è la scelta del trasporto in hotel a meno che non prenoti presso una grande catena alberghiera che utilizza la propria navetta.

Sono ancora abbastanza incosciente ed arrivo a **San Josè** senza aver prenotato niente!

So solo che le onde migliori rompono sulla costa del Pacifico e non su quella del Mar dei Caraibi, e che se sono fortunato troverò le prime mareggiate nel mese di agosto, quando inizia la stagione propizia al surf, sul quel lato.

Sull'aereo per il **Costarica** il mio pensiero è di assicurare un trasporto sicuro per me e la donna.

Lei è sotto mia responsabilità perché sono stato io a proporle di viaggiare insieme sotto la mia guida, quindi sento tutto il peso di questo impegno e inoltre non voglio far brutta figura.

Conto, una volta atterrato in aeroporto, di ricevere un segnale che mi indichi la strada giusta.

In altri termini voglio fluire con la vita e chi meglio ci riesce di un surfista che cerca l'armonia con il fluire delle onde in movimento nel mare?

Essere in sintonia con la natura e salvarsi la pellaccia.

Molte volte la pratica del surf da onda può essere pericolosa per via dei fondali taglienti o per la potenza del mare che non è sempre prevedibile.

Ai giorni nostri va meglio, esistono siti internet specializzati che predicono con precisione il moto ondoso e il vento lungo le coste con l'ausilio di satelliti e di boe.

Durante i voli dormo sempre e anche stavolta mi riposo, mentre la mia fidanzata non riesce a chiudere occhio, pur essendo molto stanca per il viaggio in auto da Milano a Madrid e poi per il volo.

Appena sveglio, a un paio d'ore dall'atterraggio, mi pento di non aver prenotato qualche struttura in anticipo per la notte.

Mi tormenta il pensiero di far correre alla mia, ora ex moglie, Juliana dei pericoli che avrei dovuto considerare meglio per evitarli a ogni costo.

Per lo meno ho considerato di viaggiare senza la sacca porta tavole, sapendo che ciò costituisce un notevole vantaggio, non dovendo escludere alcun mezzo di trasporto.

Sbarchiamo alle venti ora locale locali, con il buio e i pericoli in agguato.

Spero in un segnale, un aiuto che mi faccia trovare un posto dove dormire sulla costa del Pacifico.

Un aiutino arriva.

Fuori dall'aeroporto alcuni uomini si avvicinano offrendo un passaggio in taxi.

Io mantengo la calma e spingo via la fidanzata verso il parcheggio delle auto, in modo da far capire che non vogliamo taxi.

Parlo in spagnolo e riesco a tenere a bada i tassisti.

Mi serve un diversivo per poter respirare e intuire quale sarebbe stato il passo successivo.

Mentre siamo nel parcheggio spunta l'aiuto chiesto.

Si avvicina un ragazzo che si presenta come studente universitario che nel tempo libero fa il tassista.

Il ragazzo ci offre un passaggio in macchina verso qualunque destinazione desiderassimo.

Subito rifiuto ma lui insiste dicendo di non essere un ladro, ma uno studente che, per racimolare qualche soldo, offre servizi di trasporto ai turisti perché conosce bene la zona grazie alla sua pratica di *downhill*.

Questa è una disciplina di discesa con MTB che hanno ammortizzatori simili a quelli di una moto da cross e sono al tempo stesso leggere per permettere ai ciclisti di divertirsi sia in discesa sia nei sentieri nei boschi che in montagna.

Ecco il segnale che avevo chiesto.

La forte familiarità con questo ragazzo nasce dal fatto che coltiva la stessa passione di mio fratello.

Accetto il passaggio.

Il viaggio è abbastanza lungo, ma va bene anche perché il ragazzo si offre di portarci fino sulla costa pacifica e di aiutarci a trovare una stanza, dice che conosce alcuni bar e locali sulla spiaggia nella zona a sud di **Jaco Beach**.

Jaco è una cittadina nella parte centro sud della costa, molto frequentata da turisti, specialmente americani e surfisti, che si recano a imparare nella spiaggia di sabbia di **Jaco** o più a sud per affrontare le forti correnti e onde impegnative nelle spiagge rocciose, tra cui **Playa Hermosa**, che anche noi vogliamo visitare.

In auto faccio una fatica tremenda a rimanere sveglio.

La mia compagna si è addormentata subito sulla mia spalla, io converso senza sosta con il conducente per assicurarmi che segua la strada giusta senza cambi di programma rispetto al tragitto pattuito.

Per fare ciò abbiamo visto insieme la cartina che mostra l'unica strada principale da percorrere per raggiungere la costa del Pacifico.

Il mio compito è quello di chiedergli spesso se la strada è quella pattuita ed osservo con attenzione il modo in cui mi risponde per intuire se mi mente.

Inoltre guardo insieme a lui la strada per assicurarmi che non prenda vie secondarie abbandonando l'unica principale.

Mi accorgo che non è difficile perché tutt'intorno a noi i fari dell'auto illuminano la foresta e le rare intersezioni sono tutte strade non asfaltate.

Il mio istinto mi dice che ci sono elementi sufficienti per potermi fidare di lui.

Parliamo molto del *downhill* praticato sulle Alpi Italiane o nelle Prealpi, dove so che mio fratello va ad allenarsi con una squadra di appassionati di *Mountain Bike*.

Dopo alcune ore di macchina arriviamo, pago il compenso pattuito, più un extra e offro una bibita al ragazzo prima che riparta per rientrare.

Questa è un'altra lezione per il surfista viaggiatore: ascoltare i segnali e se sono più di due, seguire l'intuito.

Quando non si acquista il viaggio come un turista che si affida a un'agenzia, è consigliabile programmare passo dopo passo il periodo di vacanza da trascorrere all'estero.

Il periodo di permanenza in **Costarica** va bene.

Ci rechiamo a **Santa Teresa** perché, nonostante sia difficile da raggiungere, via una strada non ancora asfaltata, ho sentito che ci sonoo le condizioni ideali per spendere il giusto dormendo in un ostello.

Scegliamo quello che si chiama *Custa Arriba*, gestito da una giovane coppia di argentini e soprattutto troviamo le onde volute e cerchiamo di sfruttarle dall'alba al tramonto.

Il viaggio si trasforma in un'esperienza di convivenza con ragazzi e ragazze multiculturali, quando cucino per tutti la pasta italiana con il pesto fresco conquisto la simpatia di tutti. Il Basilico si trova facilmente nell'unico alimentari del paesino e in breve mi ripago il costo di ogni cena con l'obiettivo di diminuire il budget di spesa.

L'ora del tramonto mi regala sensazioni di felicità, il riflesso arancione e dorato dei raggi del sole si riflette sulle onde. Uno scambio di sorrisi spontanei tra me e altri surfisti, una ragazza si avvicina con la sua tavola e mi riconosce:

> "Ehi, tu sei l'italiano che cucina, ti ho già visto quando sono arrivata dal Nicaragua, quanto ti fermi?"

Mi sento fiero perché la ragazza mi vede compiere manovre su un'onda notevole, ma in cuor mio riconosco che quella sua esternazione è l'ennesimo passaggio di consegna. Nei prossimi giorni sarà lei a surfare in quelle spiagge incantevoli contrassegnate dai colori tipici del pacifico.

Qui ti muovi con una sensazione di libertà, così nuova dalla vita in città.

In spiaggia ho riprovato quella sensazione di libertà, la stessa che anni prima mi aveva colto all'improvviso a *Furteventura*.

È ora di rimettersi in gioco e trovare il coraggio, la determinazione di puntare a qualcosa più grande della sicurezza logica e razionale.

Non è la prima volta che sento una spinta del genere... quanti di noi lo avranno provato in svariate occasioni nel corso della propria vita!

La foto del Veliero ormeggiato tra due atolli ritrae le sfumature delle emozioni.

5 - INDONESIA ECCOMI

"Per il balinese, l'incontro sessuale e d'amore è più che un solo affare di due persone. È un incontro cosmico. Si pensa che la persona sia un microcosmo (Bhwana alit) che porta dentro di sé una replica delle forze cosmiche globali (Bhwana agung, ovvero macrocosmo). Pertanto, l'amore coinvolge non solo le singole persone, ma anche le forze del mondo macrocosmico." Jean Couteau, autore francese, a Bali da 40 anni, conosciuto per i suoi libri e la colonna che per anni ha curato su un quotidiano nazionale.

In questo viaggio mi sono ripromesso di dar priorità all'osservazione dello stile di vita degli italiani che si sono trasferiti a vivere a Bali.

Capire che cosa vuole dire veramente abitare in *the last paradise island*.

Ho scelto un volo notturno low-cost dalle **Maldive** a **Bali** facendo scalo tecnico a **Colombo**, capitale dello **Sri Lanka**.

La compagnia aerea **Air Asia**, tipo *Ryan Air*, ha convenienti tariffe, per cui mi fa piacere, leggendo la rivista a bordo dell'aereo, apprendere della visione e strategia del suo presidente, che ha l'intento di far viaggiare un gran numero di persone in Asia con tariffe medio basse, adatte per ogni tipo di tasca.

Non sono previsti pasti a bordo ma partendo di sera arriverò alle prime luci dell'alba, in tempo per la colazione.

Il mio programma è prendere a noleggio un motorino con porta tavola laterale.

L'ho già affittato da Rudi, che è un agente per gli scooters. Mi è stato consigliato da Nicola e sua moglie Silvia di *Casa Asia*, un ristorante e affitta camere a **Bali** dove alloggerò.

La loro disponibilità aiuta. È facile chiedere ogni tipo di informazione ai proprietari ed anche accordarsi per andare a surfare insieme in base alle condizioni favorevoli della giornata.

La loro struttura è molto ben curata nei dettagli d'arredo, ogni stanza è dotata di una camera da bagno con un'ampia doccia, frigobar e televisione, all'esterno hai una veranda adiacente a ciascun ingresso, tipo un vero e proprio hotel con piscina, ristorante, pizzeria e bar.

Un piccolo ed accogliente angolo di italiani a **Bali**!

Resto alcuni mesi in **Indonesia**, visito **Timor** partecipando a un viaggio con lo scopo di promuovere un resort per surfisti.

Si tratta del *Nemberala Beach Resort*, situato sulla spiaggia davanti allo spot di **T-Land**.

La missione è registrare videos di surf, delle attività sull'isola di **Roti**.

Quando contatto la struttura per la prima volta il manager mi dice che ci saranno persone famose nel settore degli sport da tavola. Mi piacerebbe incontrarle.

Mai immagino di imparare da loro così tanto in poco tempo.

Il gruppo è composto da surfisti, fotografi, modelle, insegnate di yoga, freediver, che si rivelano ottimi compagni di viaggio.

Imparo moltissimo da loro perché hanno esperienze individuali mai incontrate prima.

Fa parte del gruppo Paige Alms che dopo pochi mesi diventa campionessa nel mondiale di **Big Waves**.

La prima domanda che le rivolgo è come mai ha scelto quella specialità, mi risponde con un ampio sorriso che ha deciso di provare emozioni forti.

Non stento a crederci, immaginatevi di voler surfare delle onde alte come dei palazzi di alcuni piani!

Altro che adrenalina, è pura follia.

Questa specialità attrae sempre più adepti e pubblico, come lo spettacolo durante le grosse mareggiate in Portogallo a **Nazaré**.

La specialità di Paige ed altri professionisti è da poco riconosciuta dall'organizzazione di surf *WSL* ovvero il campionato mondiale più importante che si svolge ogni anno con tappe in Australia, Polinesia, Brasile, America, Europa e Indonesia.

Paige tre mesi dopo vince la gara mondiale, **World Surf League** femminile di **Big Waves** a **Jaws**, famosa e potente onda a Maui nelle **Hawaii**.

Quando assisto on line alla sua vittoria mi fa un certo effetto pensare che ho avuto modo di conoscerla di persona e di frequentarla per alcuni giorni.

Riflettendo sull'esperienza condivisa capisco quando ho appreso da Paige.

Umiltà e dedizione all'allenamento sono qualità che aiutano a realizzare i propri sogni.

Lei viaggia insieme a Jason Kenworty, famoso fotografo di surf, residente in pianta stabile alle **Hawaii**.

C'è poi Bianca, di 10 anni, figlia di Jason, skater e surfista, insieme alla sua amica Samantha Sibley, atleta *Billabong*, famoso marchio di surf australiano che produce abbigliamento tecnico, sportivo, casual e sponsorizza atleti e *free surfers*.

Samantha fa già parte del team juniores americano, la ragazzina più forte che avessi mai visto.

La sua specialità è lo *slash front-side*.

Ogni volta che fa quella manovra mi concentro sui movimenti del suo corpo per memorizzarli e successivamente ripeterli, la maestria e agilità di Samantha li fa sembrare facili.

Bianca e Samantha sono due promettenti *grommets*, bimbi prodigio che i genitori allenano per competere nel mondo delle gare di surf, preparandoli ad una carriera da professionisti.

Da Jason imparo che cosa significhi dedicare tutta la vita a praticare, fotografare ed insegnare skate e surf, e a scegliere la famiglia come missione di vita, ha quattro figlie skaters delle quali la più grande è Bianca!

Per continuare a lavorare nel settore sportivo e per dar la possibilità alle figlie di diventare campionesse, si è inventato il team dedicato alle bambine, chiamandolo *Pink Helmet Posse*.

Geniale!

Sto seguendo tuttora via Instagram l'evoluzione e le competizioni del team.

Ce l'ha fatta! Il suo intento ha prodotto gli aspettati frutti, le bambine stanno vincendo gare, ottenendo sponsorizzazioni dei produttori di attrezzatura e abbigliamento sportivo!

È proprio durante questo viaggio che inizio a usare Instagram, capendo da questi professionisti americani quanto può diventare un ottimo strumento per farsi conoscere nel settore e mantenere contatti con le persone di tutto il mondo.

Apro il profilo in questa occasione e carico alcune foto di questo viaggio.

Oggi può sembrare scontato avere un profilo di Instagram.

Qui mi colpisce il risultato.

Troverò presto un lavoro in Indonesia, al **Macaronis Resort**, grazie al fatto che chi non mi conosce personalmente, riesce velocemnte a farsi un idea di me attraverso il mio *social channel*.

Il mio compagno di stanza è Boe Pilgrim, esperto surfista australiano, produttore di spettacolari videos in acqua con fotocamere subacquee impermeabili, specializzato in riprese con il drone.

Viaggia spesso e si propone per servizi fotografici ai surfisti professionisti o si rivolge ai clienti di Resort famosi per gli sport acquatici.

Da Boe ricevo l'esempio di come, focalizzandosi su piccoli obiettivi, si possono raggiungere grandi risultati.

Come ha fatto lui, vivere in un mondo che ruota attorno al surf.

Quando il giorno che ci riuscirò anch'io?

Altri atleti di calibro internazionale che condividono quel viaggio a Timor sono Keala Kennelly e Rob Kelly.

La prima è una professionista hawaiiana, che partecipa al campionato di surf.

Pochi mesi dopo, vincerà il riconoscimento al *Billabong XXL Women Performance Awards* per aver preso l'onda più grossa mai surfata da una donna.

Le scrivo dopo quel successo e mi racconta cosa ha provato quando quell'onda sovrumana di **Teahupoo** a Tahiti l'ha travolta.

È caduta di faccia sul corallo e si è rovinata il viso tant'è che le sostituirono la pelle per coprire le cicatrici.

Nonostante quell'esperienza traumatica è fiera di avercela messa tutta.

Mi racconta che lo fa perché da piccola le dicevano che il surf è cosa da maschi e lei ha deciso di impegnarsi a dimostrare il contrario.

Capisco la potenza delle credenze personali, capisco quanto le convinzioni siano determinanti per motivare e per poter portare a compimento la missione, con i sacrifici necessari.

Infine anche Rob Kelly m'insegna una lezione.

Lui, un ragazzo che abita a sud di New York, è responsabile marketing Billabong per la costa est americana.

Mi dice che dalle sue parti le onde migliori sono d'inverno, con temperature molto basse, e non è raro camminare sulla neve in spiaggia per entrare!

Ovviamente indossando la miglior attrezzatura disponibile, calzari e mute stagne con cappuccio integrato, guanti, neoprene che tiene all'asciutto, a eccezione del viso, che si gelerà nel freddo!

Capisco quanto la motivazione ti aiuta a superare gli ostacoli e ti dà la giusta carica nei momenti in cui devi praticare, praticare, e praticare per far la differenza.

Guardo le sue foto e capisco che ci sono ottime onde su quella sponda dell'oceano e lui è un esperto di tubi, infatti è agile come un gatto e non perde occasione di infilarsi sotto ogni lip che gli capita sottomano, o meglio sopra la testa!

Nel nostro gruppo c'è anche una giovane coppia che vive alle Hawaii, Steve e Marina, che partecipano al viaggio in qualità di come fotografi e cameramen, esperti d'immagini sott'acqua.

Sono di grande aiuto.

Lui ha trasformato la passione per la fotografia e per i video in un lavoro vero e proprio.

Appena ventenne ha girato un documentario con gli amici alle **Hawaii** ed è stato scelto da *Nemberala* grazie al passaparola e alla fama ottenuta in breve tempo tra i surfisti di professione per la genuinità del suo lavoro di film-maker.

Lei è di origine argentina e la sua simpatia è coinvolgente.

Mi colpisce la sua storia di emigrante Americana. S'innamora di Steve e decide di vivere insieme la passione per l'oceano.

Scelgono di abitare in un posto meraviglioso, Maui.

Non sono ancora stato alle **Hawaii** ma so che la natura incontaminata vale il viaggio.

Da Marina ho avuto conferma che l'amore è una forza in grado di far superare i limiti.

Lei prima ha abbattuto il limite della lingua, imparando l'inglese da zero.

Poi, grazie alla sua volontà di fare qualcosa di straordinario, ha ottenuto la prima sponsorizzazione da una ditta che produce materiale per le immersioni.

In cambio ha proposto un lavoro fotografico sott'acqua, di lei con l'attrezzatura, da usare come materiale pubblicitario e nel listino di vendita.

Geniale, queste iniziative funzionano!

Quello che sto facendo in questo viaggio è prendere come modello le persone che hanno raggiunto i propri obiettivi e mi convinco che anch'io posso lavorare nel mondo dell'oceano.

Una scorciatoia sicuramente è vedere come hanno fatto gli altri e trarne insegnamenti.

Il nostro scopo è vivere di surf divertendosi, mica diventare milionario e stressato!

La ricchezza interiore e la capacità di semplificare le nostre vite, downshifting, ovvero "decodificazione", sono obiettivi che possiamo coltivare già da ora.

Armato del coraggio di rompere le vecchie catene culturali, torno a **Bali** pieno d'entusiasmo e stabilisco una serie di piccoli obiettivi e azioni da compiere, quali far girare il mio curriculum.

Infatti, insistendo, riesco a farmi conoscere e lavorare come guida di surf per un famoso resort alle **Mentawai, Macaronis**!

Le **Mentawai** sono un gruppo di isole ad ovest di Sumatra, la settima isola più estesa del pianeta.

Sumatra è attraversata dall'equatore, conta quindici vulcani, di cui sei attivi, è ricoperta da un manto verde lussureggiante, ed è talmente ricca di risorse naturali che ha sempre sostenuto l'economia dell'**Indonesia**.

In lingua antica il termine Samudra significa oceano e ancora oggi Sumatra è riconosciuta dai surfisti come una delle destinazioni con le onde più belle del pianeta.

Ero scettico sul poter vivere di surf. Sembra solo gli atleti professionisti possano farcela.

È bene essere scettici, ma non pessimisti. L'ottimismo ci vuole sempre, è alla base del vivere. Dobbiamo smetterla di lamentarci e pianificare la nostra vita come più ci piace!

Da sinistra a destra il nostro tema appena atterrato a Roti: Janni, Yanto, Sylvi, Rob, Marina, Niki, Keala, Samantha, Bella Kenworthy, Paige, Luca e Beau.

6 - QUESTA È BALI

"Il Warung è, per eccellenza, il luogo in cui balinese assetato e affamato bighellona. Cosa si fa in un Warung oltre allo shopping? Si parla. Il sorriso diventa più grande quando le informazioni ti mettono in qualche social network comune.." Jean Couteau

Bali è infusa di pratiche ritualistiche quotidiane. Gli induisti locali con le loro di offerte si rivolgono agli spiriti per ottenere buon auspicio, e protezione dalle disgrazie.

I balinesi hanno resistito alle influenze culturali straniere mantenendo costumi e religione, a differenza delle altre isole indonesiane dove il tessuto della società è stato modificato dall'introduzione dell'Islam o del Cattolicesimo, portato da mercanti e dalle nazioni colonizzatrici.

A **Bali** ci sono tuttora molti templi dedicati a divinità locali, come quello del mare a **Uluwatu** che è stato costruito per chiedere la benevolenza dello spirito che governa l'acqua degli oceani affinché sia clemente con gli abitanti dell'isola, oppure templi dove ogni giorno si svolgono rituali simili a quelli induisti.

Altro tempio famoso è Besakih, ovvero madre, posizionato sulle pendici del monte Agung, a est. È il più importante, esteso e sacro della religione Hindu a Bali. La vista sull'oceano dalle scalinate e terrazzamenti toglie il fiato da tanto emoziona.

La Natura caratterizza la religione dei balinesi, in particolare l'acqua, considerata sacra e con la quale si compiono riti di purificazione, di richiesta di guarigione o gratitudine per il benessere, preghiera di buon auspicio o allontanamento da incubi.

Si svolgono in vasche correlate di fontane nei templi che incanalano l'acqua pura di fonte in piscinette, dove si accede con biglietto per immersioni, abluzioni e percorsi curativi.

Il tutto si svolge in modo semplice ed è accessibile anche ai turisti, sottolineando la totale accettazione da parte dei balinesi delle differenze culturali e religiose occidentali.

Lo stesso accade anche all'inverso da parte dei turisti che scoprono così gli effetti di una tradizione legata al verde, alle preghiere, alle offerte di doni, alla celebrazione di cerimonie in gruppo, che sottolineano l'importanza della vita comunitaria e tribale.

Ogni mattina la maggior parte dei balinesi fa un'offerta nel tempietto che ha in giardino e davanti all'ingresso di casa o del posto di lavoro.

Un piccolo contenitore fatto da una foglia di palma modellata, che forma una vaschetta quadrata con all'interno dei petali di fiori, riso, una caramella o una sigaretta.

Il fedele accende l'incenso e agita dolcemente le mani muovendo l'aria con grazia.

Sbarcati sull'isola, ancor oggi si sente, specialmente in alcuni luoghi come **Tenganan**.

A **Ubud** la spiritualità diventa *western-friendly*, servizio, workshop, *silent retreat*.

Questo senso di spiritualità attira molti viaggiatori alla ricerca di un viaggio in cui aver la possibilità di scoprire altri se stessi o aprirsi a nuovi incontri con viaggiatori e con questa gente solare.

Ci sono anche degli aspetti difficili da tollerare di **Bali**, come il traffico diventato insostenibile.

A detta di chi lavora come autista, ora ci sono più macchine e motorini di quelli che ci si sarebbe immaginati solamente dieci anni fa, col risultante smog e difficoltà negli spostamenti.

Un aspetto dei balinesi che mi tocca molto riguarda qualcosa di più serio della situazione del traffico, credono che chi è affetto dalla sindrome di down o da una deficienza d'attenzione è un caso di magia nera!

Per via delle pressioni sociali e per questa superstizione le famiglie incatenano a un albero, o letteralmente rinchiudono in una gabbia, costruita nel cortile di casa, il familiare affetto. Oggi purtroppo esistono case, con molte stanze, dove sono rinchiusi i casi considerati gravi.

Mi vengono i brividi per il disgusto!

Guardo dal finestrino la penisola del **Bukit** di **Bali** riconosco le onde di **Uluwatu, Padang, Impossible, Balangan, Airpot rights**, che in quel momento infrangono, ho calcolato che sono passati dieci anni dalla prima volta qui nel 2008 durante il viaggio di nozze.

Tante cose sono cambiate sia nelle mie scelte di vita sia nella realtà che caratterizza **Bali**, per via del traffico e delle attività commerciali che si sono sviluppate senza controllo addensandosi lungo le vie principali.

La zona chiamata **Bukit**, a sud, è ricca di *spots* e *point breaks*.

Dieci anni fa l'ho percorsa in motorino su una strada immersa nella vegetazione.

Ricordo di impiegare meno di mezz'ora per raggiungere **Uluwatu** partendo da **Kuta** dove alloggio in un alberghetto a conduzione familiare sulla spiaggia.

Ora questa strada è intasata dal traffico. Pullmans di turisti, camion carichi di pietre, terra, o materiali da costruzione, e furgoncini che trasportano ogni genere di merci.

Dieci anni fa ho alloggiato a **Bingin** nell'estremità sud ovest di **Bukit** e accanto alla piccola struttura ricettiva ci sono animali liberi al pascolo nella giungla.

Ora è quasi tutto orribilmente cementificato, con gli accessi al cliff chiusi da muri di cemento prefabbricato.

Mi piace raccontare un paio di episodi per rendere l'idea del cambiamento.

Il primo ricordo riguarda la strada che percorrevo da **Kuta** a **Uluwatu** lungo la quale incontravo solo un posticino, all'altezza di **Dreamland Beach**, dove avrei potuto riparare un pneumatico in caso di foratura, e un paio di altri *warungs*, baracchini, dove poter comprare acqua, cocco o del riso cucinato in maniera tradizionale.

Adesso sulla stessa strada in pochissimi chilometri ci sono negozi, supermercati, centri massaggio, hotels, ostello, attività commerciali di ogni genere!

Ancora ricordo che per inviare una mail potevo solo andare da un negozietto a qualche chilometro da **Padang Padang** e, a causa della connessione lenta, impiegavo almeno un quarto d'ora per aprire, scrivere due righe e inviare grazie all'unico PC disponibile nel raggio di chilometri.

Adesso in quella zona molti i servizi disponibili, ristoranti, negozi di surf, caffetterie che offrono gratuitamente la connessione wifi.

Ora posso sedermi al tavolo di uno dei miei locali preferiti della zona, **Drifter** o **Bukit Cafè**, posso scegliere tra una varietà di cibi salutari mentre mi connetto per verificare le previsioni delle onde nei siti **Surfline**, **Magicseaweed**, **Surf-forecast** per scegliere dove indirizzarmi con il motorino e la tavola.

Questo aspetto non mi fa rimpiangere i tempi passati, mi adatto molto facilmente alle comodità e alla modernità!

Bali è eccessi. Si vedono motorini che trasportano intere famiglie, marito e moglie e i due figli tutti insieme, senza casco, su un solo motorino.

A volte i balinesi caricano questi scooters con volumi spropositati dei più svariati materiali.

Usano creative strutture di legno o metallo, che hanno applicato accanto al sellino.

Sono capaci di collocare su entrambi i lati svariate pile di vassoi contenenti uova formando una piramide che sembra così fragile da far senso.

Oppure fissano un carrello artigianale dotato di una ruota a mò di sidecar e lo usano per cucinare noodles, riso da condire con verdure o altro.

Questi carrelli, talvolta spinti a mano, sono dotati di veri e propri piani cottura, ripiani lavabili in plastica, piccole cucine.

Caricano materiali di ogni genere eccedendo sempre nella quantità, quasi fosse nella norma occupare la carreggiata con due o tre volte il volume del motorino stesso.

Poi ci sono i furgoncini, alcuni simili ai motocarri Ape o poco più grossi, altri veri e propri camion che traboccano di carico.

Questo raggiunge spesso altezze esagerate e da l'impressione che ad ogni curva il mezzo possa perdere il carico o ribaltarsi in salita sulle ruote posteriori per l'eccessivo peso.

In ogni caso il fascino di **Uluwatu** è rimasto intatto, per lo meno le onde sono sempre le stesse.

In più le opportunità e le possibilità di accoglienza disponibili ai turisti sono moltiplicate.

In una giornata afosa di inizio estate, a fine settembre, sono seduto da **Drifter**, che mi affascina per l'architettura balinese in legno, la raffinatezza dei dettagli d'arredamento, la presenza di una galleria d'arte, l'esposizione dei prodotti sportivi e il salottino del bar, il ristorante all'aperto.

Mentre scrivo una parte di questo libro, incontro un surfista del Perù conosciuto giorni prima dopo una session a **Impossible**.

Ci scambiamo i contatti per poterci sentire in caso fossi andato in **Perù** per surfare, sogno che coltivo da anni e che non ho ancora realizzato per vari obblighi burocratici imposti nel periodo in cui lavoravo in **Brasile** per l'imprenditore Roberto che ha ideato *Surf camp Pipa*.

Dopo il lavoro sognavamo un viaggio lungo la costa del **Perù** per surfare le onde del Pacifico, ma per poter rientrare in Brasile ci avrebbero chiesto le vaccinazioni.

Non avevamo intenzione di sottoporci a quella terapia preventiva in **Brasile**, non ci fidavamo abbastanza per affidarci a un ospedale della zona per quel tipo di iniezioni.

Così quel viaggio mai si realizzò.

Ora ho la possibilità di organizzare un viaggio del genere partendo da una località dove non sono richieste vaccinazioni al rientro.

Dopo esserci scambiati i contatti l'amico peruviano mi mostra delle sue recenti foto sulle onde di **G-Land**, Grajagan, un parco naturale a est di **Java** sul quale si affaccia su uno degli spot più famosi al mondo.

Tra me e me sussulto e inizio a chiedergli tutti i dettagli del suo recente viaggio.

Sento che sto già partendo per quell'avventura nella giungla.

Guardiamo insieme le previsioni, sono favorevoli per una grande mareggiata che, partendo dal **Sud Africa**, si dirige verso Java percorrendo tutto l'**Oceano Indiano**.

Questo significa che è il momento favorevole.

Una vocina dentro di me mi dice: ora o mai più!

Mi guardo intorno. Siamo seduti a un tavolo all'interno della stanza galleria d'arte.

Espone le tavole sperimentali degli anni ottanta e belle foto di surfisti sulle onde di **G-Land**.

Alcune immagini raffigurano uno dei più conosciuti surfisti al mondo, Gerry Lopez, una vera leggenda.

Lo conosco per aver letto, alcuni giorni prima, il suo libro, nel quale descrive le caratteristiche delle tavole, e i suoi racconti sono ancora vivi dentro di me.

Sento che è il momento di partire da solo, raccoglierò alcune informazioni da un paio di surfisti italiani che vivono a Bali e sono già stati a **G-Land**.

Mi organizzo per esser pronto a partire da lì a tre giorni!

Per prima cosa prendo in prestito un a sacca porta tavole per le due surfboards che ho scelto e comprato, vendendo in cambio le mie vecchie, che si adatteranno perfettamente alla potenza delle onde di **G-Land**.

Le ho scelte con più litraggio, il volume che identifica la misura della tavola, perché ora peso sette chili in più rispetto all'anno scorso.

Questa serie di eventi e i giorni liberi che ho a disposizione mi attivano dandomi energia per la preparazione di questa nuova avventura nella giungla in un posto da sogno.

Contatto subito i due *surf camps* più famosi che si affacciano su quelle onde, posti all'estremità della riserva naturale.

Il costo è alto, per cui cerco una soluzione alternativa.

Un ragazzo del posto mi suggerisce di attrezzarmi con tenda, viaggio in motorino e traghetto.

Tento di organizzarmi in quel modo e mi rendo presto conto che è per niente facile.

Un mio amico balinese mi dice che resisterò solo una notte.

Lui c'è stato anni prima con degli amici. Le formiche, gli insetti e la prossimità della giungla non gli hanno reso facile pernottare in tenda.

Questo è un problema serio!

Non mi scoraggio, scrivo nuovamente ai surfcamps e ottengo uno sconto ma il mio budget è ancora inferiore alla richiesta delle strutture, che avrebbero anche organizzato il trasporto con dei motoscafi veloci che da Kuta raggiungono **G-Land** in meno di due ore.

Mi metto a chiedere in giro finché mi giunge all'orecchio la voce dell'esistenza di un terzo surf camp, il *Jack Surf Camp*, meno conosciuto.

Trovo il numero di telefono del balinese che gestisce il camp, ci accordiamo su un prezzo ragionevole, che comprende anche l'utilizzo del motoscafo dei due altri surf camp.

Il suo motoscafo è stato disancorato e spiaggiato con gravi danni durante una forte mareggiata nel mese di luglio.

Mi ricordo di quella *swell* che interessò gran parte dell'**Indonesia**, all'epoca mi trovavo in Italia e quella voce mi giunse da un caro amico surfista che mi aveva invitato a guardare le immagini delle onde a Bali.

Siamo stati lì anni prima insieme e lui è molto appassionato di riviste di surf e siti specializzati quindi non ha perso quell'informazione che ha subito condiviso con gli amici.

Ora posso surfare ancora un giorno a Bali e testare la nuova attrezzatura, comprare crema solare allo zinco resistente all'acqua, un paio di **reef boots**, scarpe in neoprene per surfare sul *reef*, e partire così nel modo migliore possibile per affrontare delle onde che a detta di tutti sono molto potenti.

Per fortuna ho da poco finito l'esperienza di lavoro alle **Mentawai**, dove ho surfato su barriere coralline per parecchi giorni e mi sento in gran forma fisica, che da sola non è sufficiente per prepararsi alla paura di un nuovo spot con le caratteristiche di **G-Land**.

A meno che sei nato e cresciuto in **Australia**, tra le onde potenti della costa sud-ovest o in luoghi come le **Hawaii**, potendo imparare fin da piccolo ad entrare in sintonia con ondoni, non è facile superare la paura!

Il giorno della partenza va tutto alla perfezione.

Il viaggio inizia alle cinque di mattina, mi vengono a prendere dove ho la stanza, sono ospite da un amico italiano che in quel periodo si trova in patria.

Prendo con me solo lo stretto necessario, più il mio ebook reader, della curcuma in polvere, tè verde e un estratto di una pianta che avrei sciolto nel tè, fonte di proteine e varie sostanze nutritive.

Siamo in due ad andare al *Surf Camp Jacks*, io e Brad, il ragazzo americano che diventerà il mio nuovo buddy, compagno in quest'esperienza.

È un avvocato trentenne molto simpatico.

Sta viaggiando da un paio di mesi alle **Mentawai**, si trova a **Bali** e, dovendo iniziare un nuovo lavoro a New York, ha deciso che il modo migliore per concludere il suo viaggio è quello di tornare a **G-Land**.

Per fortuna c'è già stato un paio di settimane prima e conosce alla perfezione il *reef* e il meccanismo di quelle onde.

Mi dice che *la surf guide*, la persona che si occupa di accompagnare i clienti sulle onde e di dare consigli ai neofiti, quando non si conoscono le caratteristiche del posto, non c'è perché si è infortunata durante un *wipe out*, cadendo dall'onda, in questo caso con esito rovinoso, ed è andata a operarsi a Singapore.

Ci avrebbe raggiunto da lì a qualche giorno.

Il surf camp è molto tranquillo, ma è il più vicino alle onde.

Brad è un po' preoccupato che la *swell* è da ovest complicando le cose, come scopro una volta entrato tra le onde!

Queste notizie non mi rassicurano ma mantengo la concentrazione e durante il tragitto in motoscafo mi rilasso riposandomi prima dell'arrivo.

Ci aspetta l'accoglienza di una colazione e poi entro in acqua, per me è la prima volta a **G-Land**.

Sono entusiasta, sicuro di avvicinarmi ad un'energia della natura diversa da quella a cui sono abituato perché quelle onde sono state paragonate a quelle hawaiane.

Una volta arrivati sembra di entrare in una dimensione al di fuori dallo spazio e dal tempo.

Le casette nella giungla confermano l'impressione di un luogo in cui il tempo si è fermato.

Mi colpisce molto il silenzio delle ore notturne, quando gli animali, scimmie, scoiattoli, uccelli, daini, si rintanano e non emettono più i loro suoni che riempiono lo scorrere pacifico delle ore diurne.

Non sono affatto spaventato dalle scimmie, anche se il mio amico Brad mi racconta che una di quelle nere, simili a piccoli scimpanzé, qualche settimana prima ha attaccato senza apparente motivo un surfista che passeggiava.

La scimmia è saltata in testa a quel malcapitato che è stato trasportato nel villaggio più vicino, distante due ore di guida, per curare le ferite e in cerca di una iniezione antirabbica.

Poi gli accompagnatori si sono accorti che in quel villaggio non sono attrezzati per tali cure e devono ripercorrere la strada in dietro per altre due ore e imbarcarlo la mattina successiva all'alba verso una clinica di **Bali**.

Insomma, una complicata disavventura.

Ho qualche dubbio su come si sono svolti i fatti rispetto a come viene raccontato l'attacco dell'animale.

Mi pare strano che il tipo non si sia accorto della presenza della scimmia e non lo ha spaventato gridando per la paura.

Magari ho normalizzato l'abitudine di considerare che le scimmie spesso rubano ai turisti rovistando nelle borse a prendendo gli occhiali dalla testa.

Tengo sempre una certa allerta in loro presenza stando attento a non lasciare oggetti in giro.

7 – LE FAMOSE ONDE DI G-LAND

"Ho bisogno del mare perché m'insegna." Pablo Neruda

"Come risultato di sviluppo materiale e dell'educazione di oggi, la gente comunemente cerca la felicità esternamente, ma non si prende cura della mente. Vero, la felicità duratura dipende dal gestire la nostra sregolata mente. Non ha molto a che fare con lo sviluppo intellettuale ma piuttosto coltivare un buon cuore." Dalai Lama

Mi sto confrontando con la paura, che è una questione mentale, per cui decido di affrontarla ad armi pari con i mezzi che ho a disposizione.

Sto per usare formule con affermazioni positive da ripetere come mantra per mantenere un atteggiamento propositivo.

Quando giungerà, e sapevo che prima o poi comparirà, il pensiero della possibilità di cadere sul corallo affilato del fondale sotto quelle magnifiche onde, lo sostituirò con uno di coraggio.

Nel momento in cui sarò assalito da una vocina che mi dice:

"Ma chi te lo fa fare",

oppure

"È faticoso, lascia stare",

le dirò di andare al quel paese.

Sono pronto a faticare remando contro corrente, mantenendo l'attenzione sul movimento di quelle onde, ho una sola occasione per salire nel momento esatto in cui stanno rompendo sopra il corallo.

Osservando la parete che si leva alta nel cielo prima di esplodere in un tonfo quando colpisce il fondale ho una frazione di secondo in cui decidere di dare le spalle alla massa d'acqua per remare con precisione e potenza in uno spazio nel quale troverò una rampa in movimento che mi permetterà di compiere quel gesto ripetuto un infinità di volte, il *take off*.

Tutto dipende da quei pochi secondi in cui la percezione del tempo rallenta, fino a formare dei minuscoli fotogrammi in cui senti di smettere di remare e lasciare scivolare la tavola fino a sentirla planare direzionandola con un gesto delle braccia che si distendono verso il vuoto.

Sì, quel vuoto, che apparentemente fa paura, ma a capirci bene è una frazione di secondo in cui decidi di alzarti, non appena la tavola, sotto i tuoi piedi, inizia a tagliare l'onda puoi finalmente sentire la spinta.

Senti di potercela fare.

La convinzione è tutto!

Se esiti un istante sei fritto e probabilmente cadendo perdi anche il rispetto degli altri surfisti sulla *line up*.

Non che mi interessa il giudizio altrui, ci ho lavorato nel mio percorso di crescita e ho interiorizzato che preoccuparsi di ciò che pensano gli altri non è utile per raggiungere i nostri piccoli ma fondamentali passi che portano a realizzarsi.

Purtroppo spesso succede che gli altri surfisti vedono che stai remando su un onda e, se tu per qualsiasi motivo esiti e non la prendi, riterranno che hai perso la priorità, che forse non sei capace, che hai tentennato e quindi quelle onde non fanno per te e magari saliranno sulla prossima onda come se tu non ci fossi per non lasciar andare via vuota quella stupenda parete d'acqua.

In definitiva si genera questa dinamica fastidiosa, che a volte può ulteriormente scoraggiare un surfista dato che inizia un giochino psicologico sottile in cui surfisti di alto livello se vogliono possono farti sentire disagio.

Ulteriore motivo per arrivare preparati sulla *line up*!

Non solo fisicamente ma anche mentalmente.

A tal proposito ricorro spesso alla filosofia per ricordarmi il concetto che ha basi secolari:

"Datemi un perché e il come lo si trova".

Ecco che la motivazione è tutto, questo penso nel viaggio in barca che separa **Bali**, la spiaggia di **Tuban**, accanto all'aeroporto, e l'isola di **Java**, la riserva naturale di **Grajagan**.

In quell'istante chiudo gli occhi e mi concentro sul respiro immaginandomi di visualizzare quei momenti decisivi per la riuscita del take off.

Sono consapevole che ce la farò anche grazie alla scelta della tavola adatta, dotata di quattro pinnette per esser più veloce, di un corpetto in neoprene che avrei indossato perché mi sono informato e ho capito che la temperatura dell'acqua a **G-Land** è piuttosto fresca.

La preparazione è fondamentale, il porsi le domande giuste per informarsi, anche l'esser comodi senza soffrire freddo giova al compimento del mio grande desiderio di surfare in uno dei posti più rinomati al mondo per le sue grandi e potenti onde.

Ora è il momento di rilassarmi per il tempo rimasto della traversata, decido di ascoltare musica a 432 Hz che mi rilassa e calma dall'interno.

Do un ultima occhiata al mio nuovo compagno di viaggio, Brad, seduto nell'adiacente fila di sedili, e al mare attraverso l'oblò, prima di chiudere gli occhi e rilassarmi.

Il brusco rallentare dei motori e il tipico dondolio della barca in stallo mi riportano al mondo esterno e così vedo per la prima volta la ristretta lingua di sabbia della spiaggia in cui stavamo approdando.

Già c'è qualcuno ad attenderci con un camioncino parcheggiato di traverso in un apertura della giungla.

Poso lo sguardo sull'ampio fronte del *reef* sul quale si srotolavano delle lunghe onde sinistre in perfetto allineamento, una dopo l'altra, ricordandomi che quello è un posto unico e raro.

Penso che la *swell* arriverà durante la notte e il giorno seguente le onde aumenteranno di un paio di metri d'altezza, ma oggi stesso camminerò sul *reef*, mi immergerò nel blu una volta preso i punti di riferimento a terra per imparare a capire il meccanismo dello spot.

Guardiamo le onde mentre il mio amico ascolta la musica che trasmette da un telefonino a uno speaker di piccole dimensioni.

Io sto affettando e sbucciando delle fette di papaya, banana, anguria tenendo d'occhio l'orizzonte.

Volgio capire il movimento della corrente e delle onde là fuori.

Mangio quella frutta e bevo dalla borraccia con l'intenzione di caricare energia nutritiva per resistere al più a lungo possibile sotto il sole tropicale tra le onde.

Aiutato dalla protezione solare allo zinco resistente all'acqua sul viso, dalle mie convinzioni e preparazione, sono pronto ad affrontare quel mare in gran movimento.

La massa d'acqua che si muove è mastodontica, immagino si percepirà già remando, le mie mani sentiranno una densità del liquido blu diversa dal solito, più consistente, che contiene tutta l'energia di quella forza naturale.

Infatti da lì a poco sento quella forza.

Ci incamminiamo lungo il sentiero tra scimmie e palme, scavalcando prima gli ostacoli della vegetazione e poi facendo attenzione a dome mettiamo i piedi lungo la distesa di rocce che separa la spiaggia dalle onde.

La schiuma e l'acqua salata ci ricoprono prima fino alle caviglie poi le gambe fino alle ginocchia.

A quel punto prendo di mira verso dove remare per passare attraverso le onde un momento prima che rompano, poi punto in una diagonale per evitare i *sets* di una sezione di onde alla mia sinistra ed infine raggiungo la *line up*.

Tutto avviene in modo rapido, calcolato, si svolge come una danza al ritmo di quelle onde, con il respiro che quasi mi sfonda il petto che devo calmare per rilassarmi.

Anziché sprecare energia voglio ricaricarmi in caso di imprevisti come un onda che si avvicina e ti esplode davanti senza lasciati via di fuga se non un profondo *duck dive*, se non addirittura una serie di onde,, una dopo l'altra, che significa un'altrettanta sequenza numerosa di *duck dive*.

Questa fase di ingresso in acqua va a buon fine, si svolge tutto come previsto, e ora sono seduto al largo.

Guardo verso la spiaggia noto che il mio amico è stato preso da un set di onde e non ha ancora superato la barriera corallina.

Cerco di fargli dei segnali con le braccia, ma mi accorgo che è troppo distante e non mi vede.

Se la caverà da solo.

Quando sei là fuori devi essere in grado di cavartela da solo, devi fare affidamento sul tuo intuito, anche se surfare con un amico è un vantaggio perché pensi di poter fare affidamento anche sul suo aiuto.

All'improvviso arriva nella mia direzione l'onda e senza esitare mi metto in moto, so che è la prima del set ma non m'importa, voglio mettermi alla prova e scivolare sulla parete.

Per poco la prendo ma mi manca ancora un metro abbondante.

Mi giro e vedo che un'onda poco più grande che sta per infrangersi alle mie spalle.

Non esito a remare con tutta la forza e mi preparo a girarmi rapido per prenderla o duckdive e passare sotto, sono in ritardo.

Noto che non ho sufficiente velocità e la seconda opzione è l'unica, *duck dive*.

Poi diventa due, tre, finalmente il set di onde è passato e io quasi stremato non ho ancora preso un onda, ma perlomeno ne ho sentito l'energia.

Ogni volta che mi capita una situazione del genere penso che sia un'occasione per testare la potenza delle onde, penso che se sono in grado di passargli sotto, senza farmi strappare la tavola dalle mani e senza venire travolto dal turbine sott'acqua, significa che posso non temere quella situazione e comportarmi con disinvoltura.

Il seguente set non tarda ad arrivare, sta volta decido di aspettare la seconda o terza onda della serie.

Uso la spinta della corrente generata dalla seconda onda per acquistare velocità nella remata e quando la terza onda s'impenna violentemente dò anche una spinta con il bacino per partire con la massima velocità.

Non so ancora se sia necessario compiere un bottom turn, ovvero una manovra alla base dell'onda per risalire verso il *lip* e spingermi in avanti nella direzione del tubo, oppure mantenere una linea alta e pompare sulla parete dell'onda in velocità.

Lo capisco subito, la parete non è ancora concava e opto per la linea alta.

Mi distendo per un momento in alto con il busto dando un accelerata alla tavola, in inglese *to pump*.

Quella spinta mi salva, ne faccio un'altra e poi mi posso rilassare perché la parte critica dell'onda è dietro di me.

In quel momento tutto quello che devo fare è sollevare il tallone del piede posteriore e far pressione con la punta e le dita in modo che il bordo della tavola generi velocità!

Finalmente sento che è l'onda a spingermi, una spinta che parte dalla coda della tavola fino a farmi perdere la sensazione di gravità, planando veloce.

Sono proiettato in avanti a tutta velocità, con una bellissima sensazione di controllo sotto piedi, mentre mantengo una postura, in inglese *stance*, rilassata!

È un emozione intensa, brevi istanti di godimento puro, prendo quel tubo e provo la sensazione di stallo della tavola sotto i piedi mentre il blu mi avvolge dandomi l'impressione di volare. Il fatto di essere su una superficie in movimento lo rende unico.

Penso sia è la stessa sensazione di libertà che si prova quando con una moto da cross si fa una derapata sulla sabbia, si perde la trazione ma al tempo stesso sembra di planare.

Oppure con lo snowboard o gli sci da freeride in neve fresca quando invece di sentire i bordi della tavola o gli spigoli che grattano sulla neve compatta, stai galleggiando.

Com'è unico il fatto che queste onde sono energia generata in mezzo all'oceano agitato da una lontana perturbazione.

Quando questa forza arriva sotto costa il fondale, spiaggia, barriera o roccia, la trasforma, l'onda sale e s'infrange.

Essere all'interno di questo movimento equivale ad essere dentro la forza della natura.

E in natura tutto è in movimento, per cui noi esseri umani possiamo cambiare, possiamo muoverci in altre direzioni.

Siamo evoluti per vivere in natura, siamo parte della natura, si cresce e si muore e si ritorna alla natura.

La natura non è mai ferma, avete mai visto un albero che si ferma?

La potenza e la perfezione della natura delle onde che viaggiano per kilometri prima di infrangersi rumorosamente sul fondale di corallo.

8 – MATURARE UNA VISIONE A POHNPEI

"Non è importante sapere se lo ha fatto l'uomo o l'alieno, ma sarebbe importante che gli uomini oggi facessero opere straordinarie che le generazioni future potranno guardare ringraziando per l'eredità e non altrimenti." Sadhguru, yogi indiano e autore di numeri testi

Pohnpei, il nome di quest'incantevole isola del Pacifico, significa *"sopra l'altare di pietra"* e sul mappamondo la trovi di fronte alle Filippine e al centro di un'immaginaria linea che unisce le **Hawaii** e la Nuova Zelanda.

La foto satellitare rivela la forma pentagonale dell'isola.

Sul lato orientale, verso sud, è presente un misterioso sito archeologico di nome **Nan Madol**.

Nan Madol nasconde un segreto decisamente avvincente, tanto quanto lo è stata una mia scoperta, fatta grazie alle domande poste a una guida locale.

Racconti di alcuni dettagli che i nativi si tramandano oralmente di generazione in generazione.

Ma ci torneremo più avanti.

Ho deciso di partire da **Bali** grazie a un'offerta last minute della *Philippine Airlines*.

È l'unico modo per evitare di andare a nord, fino in Giappone, per poi ritornare a sud, con un notevole chilometraggio aggiuntivo, che non ho nessuna voglia né di pagare né di percorrere.

Pare non ci siano problemi sulle tratte **Bali-Manila** e **Manila-Guam**, poi completerò l'itinerario con *American Airlines*, che mi porterà a destinazione.

Lo scalo prevede la sosta a **Guam**, un paese che sottostà a leggi statunitensi.

Dettaglio non considerato.

Ho pensato solo a **Pohnpei**, dove non è necessario alcun visto.

Quando scopro di doverlo fare sono già all'aeroporto di **Bali**.

Sono bloccato dal personale del check in, mentre presento il passaporto per imbarcarmi!

Per un momento, capendo che non mi fanno salire sul volo per questa mancanza, mi sento perso.

La voglia di arrivare in tempo per la grande mareggiata è tanta.

Aver trovato la possibilità di andare mi aiuta a organizzare il viaggio in fretta, senza pensare al permesso per lo scalo in territorio americano.

Pertanto suggerisco vivamente di programmare in anticipo questi importanti dettagli, informandosi su scali e destinazione.

Mi arrabbio perché il personale dell'agenzia aerea delle Filippine non mi ha avvertito della necessità del visto.

Comprendo che posso prendermela solo con me stesso dato che, mia scelta, mia responsabilità.

Non mi abbandono al panico, ma genero prontamente lo stato d'animo necessario per riuscire nell'impresa di completare, al volo, la richiesta del visto.

So che, una volta mostrata al personale del check-in, è sufficiente per farmi accettare a bordo.

Poca cosa.

Fatto.

Riesco a partire da **Bali** con l'aereo prenotato, che decolla la sera tardi.

Faccio sosta a **Manila** per diverse ore.

Sfrutto il fatto che non è concesso ai viaggiatori in transito la possibilità di uscire dall'aeroporto, se l'attesa è inferiore a un giorno.

Ne approfitto per ricevere nella mail il visto degli Stati Uniti, che mi servirà per il volo successivo.

Scopro così che, con il passaporto italiano in tasca, si ha libero accesso a 155 paesi.

In questa classifica mondiale l'Italia è al dodicesimo posto.

È una grossa fortuna, ma non include il visto gratuito americano!

Quello si può richiedere e ricevere online nel giro di alcune ore.

Io utilizzo il portale www.estausa.org.

Quella notte schiaccio solo un pisolino durante le otto ore trascorse in una sala dell'aeroporto, dopo che la compagnia *Philippine Airlines* a Manila ha messo a disposizione dei comodi letti e fornito un pasto caldo.

Mi ricordo bene quel ragazzo in divisa da manutentore che si offre di andare a prendermi da mangiare in una mensa riservata al personale e i pochi passeggeri in transito, che hanno a disposizione un buono per uno spuntino.

Mi dice che di solito i turisti chiedono un hamburger con patatine, invece la mia preferenza per zuppa di verdure con riso lo stupisce.

Forse per questo torna con doppia razione!

All'alba del giorno dopo arrivo a **Guam**, dove trascorro una notte in hotel e poi il volo della *American Airlines* mi porta a destinazione nella cittadina di **Kolina**, capitale di **Pohnpei**.

Non ho prenotato una sistemazione per la notte e cerco subito il banco delle prenotazioni alberghiere per chiedere un noleggio auto e una camera, ma a quest'ora il personale non è ancora presente.

Così mi reco fuori dalla zona arrivi con il mio voluminoso bagaglio, la sacca porta tavole, guardo la cartina per capire se posso percorrere a piedi il tratto che separa l'aera aeroportuale dal centro città.

La distanza non supera il paio di chilometri ma con quel bagaglio provo una certa riluttanza a mettermi in cammino.

Abbandono l'idea e mi avvicino al parcheggio dove vedo un certo movimento di auto che caricano altri passeggeri di quei voli notturni.

Un ragazzo mi nota e mi chiede se sono un surfista.

Con un sorriso luminoso rispondo:

> "Certo, sono appena arrivato con la valigia sportiva e cerco una camera che affittino a poco, per trascorrere un giorno di scalo".

Si chiama Kaem e mi racconta che sta terminando il turno di lavoro notturno, attività che si è inventato sapendo che di notte l'aeroporto è pressoché deserto, fatta eccezione per i turisti in arrivo.

Si è accordato con alcuni tassisti per collaborare, avrebbe accolto i viaggiatori in arrivo e proposto auto a noleggio con autista.

Lo vedo fare avanti e indietro dalla zona arrivi accompagnando i passeggeri.

Li fa salire sulle auto in cambio, mi spiega, di una percentuale sulla corsa.

Mi dice che gli piace il surf, che ha alcuni amici che lo praticano sull'isola, che lui ci ha provato ma non è ancora diventato bravo.

Aggiunge che se lo aspetto per qualche minuto mi accompagna a vedere se ci sono onde surfabili presso uno spot in città.

Colgo al balzo l'occasione e accetto all'istante il suo aiuto.

Intanto lo osservo per sentire se avverto in pancia sensazioni di pericolo e così capire se sto facendo la cosa giusta.

Aspetto solo pochi minuti.

Kaem mi fa segno da lontano di raggiungerlo verso la sua auto.

È un Suv spazioso, per cui carichiamo l'attrezzatura senza difficoltà e poi sprofondo comodamente nell'ampio sedile anteriore.

Quando si mette alla guida gli chiedo se può trovarmi una stanza di un hotel o un ostello a buon prezzo e lui mi rassicura:

"My friend, conosco la stanza più economica in città, ma ora è presto per il check-in. Se ti va andiamo prima alla spiaggia, a vedere se ci sono surfisti, e poi a fare colazione".

Gli propongo di offrirgli la colazione in cambio del passaggio come segno di gratitudine.

Dopotutto anche se la stanza non è di mio gradimento, posso cercare un'altra.

Lui precisa che non ci sono altre camere a buon prezzo perché la maggior parte degli hotels appartiene a grandi catene alberghiere, a eccezione di quello che aveva in mente per me, che è ancora a gestione familiare.

Ci ha accompagnato diversi turisti e lavoratori che si recano a **Guam** per brevi periodi e tutti si sono trovati bene.

Finisco per scegliere questa sistemazione.

Anche questa volta l'eccitazione di arrivare in un nuovo paese e l'entusiasmo generato dal trovare subito ospitalità formano nel mio corpo una miscela di sensazioni rassicuranti, soprattutto ritrovandomi a bordo di quel comodo veicolo, e chiacchierando amichevolmente di surf, viaggi, onde e stili di vita.

Quel giorno a **Guam** non surfo, sono ancora stordito dal cambio di fuso orario e mi sento stanco per la notte in bianco a **Manila**.

Ora che tutto sembra andare per il verso giusto mi ripropongo di fare più attenzione alla questione permessi, ho intenzione di cavarmela da solo senza costo extra di un agente di viaggio.

Molti altri surfisti che incontro si appoggiano ad agenzie viaggi che aiutano negli spostamenti quando mollano quello che stanno facendo per inseguire una grande mareggiata, sia che debbano gareggiare nel campionato *WSL Big Wave*, sia che debbano allenarsi in vista di una competizione oppure che siano spinti da pura passione.

Ho conosciuto atleti e professionisti che tengono l'attrezzatura in un container che affittano in località note per le grandi onde, dove immagazzinano tavole da surf, mute, materiale da salvataggio e addirittura moto d'acqua pronte all'uso che serviranno da supporto al surfista durante la pratica del *tow-in*.

Io e altri surfisti siamo alla ricerca di *freesurf* e pura avventura non programmata.

Nel nostro caso sono sufficienti una modesta somma di denaro e una buona dose di entusiasmo, che alimenti la fede nelle proprie capacità d'adattamento, anche in casi d'imprevisti improvvisi.

Iniziato il soggiorno a **Guam** voglio sgranchirmi dopo le lunghe ore seduto in aereo, così ne approfitto passeggiando per la cittadina turistica, alla scoperta di paesaggi e dello stile di vita di chi l'ha scelta per viverci, come aveva fatto Kaem.

Sono contento di aver fatto amicizia con lui.

Passa gran parte della mattinata a raccontarmi la sua esperienza di vita sull'isola dove si è trasferito con la fidanzata.

Nonostante il lavoro precario, gli piace la tranquillità della cittadina turistica che si affaccia sull'oceano.

Mi dice che ci sono molti filippini e cinesi che si sono trasferiti a vivere lì come noto quando per le strade incrocio parecchi sguardi di occhi a mandorla.

Kaem mi parla anche della vita notturna, in particolare di un pub dove c'è musica dal vivo.

Mi racconta che durante i mesi dell'anno nei quali si assegnano lauree e diplomi in Giappone, orde di giovani turisti popolano l'isola alla ricerca di sfrenati festeggiamenti.

Io ai festeggiamenti preferisco dormire sonni tranquilli.

Sono deciso a fare il possibile per tornare la mattina seguente di buon'ora in aeroporto, con l'intento di giungere a **Pohnpei** in forze, quindi dedico la serata a una buona dose di esercizi.

Stretching, yoga e a una tiepida doccia che anticipa una sana dormita.

Il giorno seguente, quando riparto, mi giunge un sms da Kaem che probabilmente aveva terminato un altro turno notturno in aeroporto.

Quel semplice gesto mi fece molto piacere.

Chiede di riferirgli del mio viaggio e in particolare di come sono le onde.

Sto provando la sensazione di amicizia in un luogo ben distante da casa e dagli amici di una vita.

L'effetto di questa emozione mi fa stare bene e lo stato d'animo creato mi accompagna durante l'ultima tratta di quell'intensa esperienza.

Il mio pensiero è già concentrato sulla famosa e potente onda di **Palikir Pass**, onda destra, che si infrange su un *reef* molto tagliente popolato da numerose specie di coralli, che colorano l'acqua trasparente di varie tonalità fosforescenti e incutono timore, se non si è preparati ad affrontare un'onda tubante su fondale basso e affilato.

Il sapore di quella sfida si mischia con la sensazione che incontrerò nuovi amici, ed sono già consapevole che saranno ospitali come Kaem.

Infatti da lì a poco incontro e stringo amicizia con Robert, una guida nativa della Micronesia.

All'aeroporto noi italiani abbiamo il visto gratuito ma ci chiedono dove alloggiamo e per quanto tempo, e vogliono vedere anche il biglietto di uscita dal loro territorio.

Il periodo sul visto ricevuto non è definitivo perché si può prolungare recandosi alla polizia locale e concordando l'estensione.

Questo significa anche che se si è alla ricerca di onde perfette, *perfect barrels*, e si viene a sapere di una *swell* in arrivo, è possibile posticipare il ritorno!

Riguardo la sistemazione, ho optato per una stanza di un piccolo hotel immerso nel verde e gestito da un anziano giapponese che si è trasferito lì nel periodo dopo la seconda guerra mondiale.

Al tempo, a **Pohnpei**, si verificarono solamente allarmi anti bomba, lanciati alla popolazione dalla postazione giapponese, che è ancora visitabile, appollaiata sopra il promontorio di fronte al paesino di **Kolonia**.

Mi sento molto focalizzato sulle onde e già dal finestrino dell'aereo vedo il famoso **Palikir Pass** e riconosco le onde che dall'alto formano linee azzurre, che infrangendosi si colorano di bianco.

È ancora mattina presto e penso di aver il tempo per condividere un motoscafo con altri surfisti per fare una sessione pomeridiana in quell'incanto di parco giochi acquatico naturale.

Ritiro il bagaglio prendo un taxi e con la tariffa fissa diurna di tre euro mi faccio portare al piccolo porto turistico per lasciare l'attrezzatura sportiva e concordare il trasporto via mare.

Un aspetto fantastico di **Pohnpei** riguarda la facilità degli spostamenti in taxi. Esiste una tariffa convenzionata di pochi dollari e i numerosi tassisti vi portano ovunque volete.

Basta avere la pazienza di condividere parte del tragitto con altri passeggeri.

Mi informo e scopro che un accordo governativo ha messo in vigore quelle tariffe perché sull'isola non esiste nessun altro trasporto pubblico.

Una volta giunto al porto, l'accoglienza è meravigliosa perché una mia amica Sylvie ungherese è arrivata alcuni giorni prima ed è molto amica del fondatore del *Pohnpei Surf Club*.

Sia questo che *Nicho Marine Park**_* sono i due principali operatori che offrono pacchetti giornalieri o settimanali per condurre i surfisti a surfare con i rispettivi motoscafi e inoltre offrono sistemazione da concordare in base al proprio budget.

Il giorno del mio arrivo incontro Robert, che conduce il motoscafo del *Pohnpei Surf Club***_ con grande maestria.

Probabilmente ha acquisito tanta confidenza navigando lungo il litorale nord per accompagnare i sub che s'immergono in quei fondali ricchi di coralli e di vita marina.

È taciturno e indossa occhiali da sole, una maglietta americana e un cappellino con la foglia di marijuana. Apprendo che sull'isola la pianta cresce rigogliosa, favorita dal clima soleggiato e piovoso durante tutto l'anno.

La sua carnagione è olivastra, segno che trascorre molto tempo all'aria aperta, ma la pelle del viso non è rugosa, anzi dimostra meno dell'età che ha.

Infatti, quando per rompere il ghiaccio gli chiedo, mi dice che ha cinquantacinque anni, eppure il viso, quasi sempre illuminato da un sorriso accattivante, lascia immaginare una quarantina.

Il suo inglese è molto fluente e con accento neutro, di quelli che non fanno capire la provenienza e le origini.

Così domando e mi conferma che è nato vicino a **Pohnpei** e ci abita fin da bambino quando la sua famiglia si è trasferita lì, con l'intento di dargli la possibilità di frequentare l'unica scuola di quel tempo, nella quale ha avuto un insegnante americano.

Nei giorni seguenti incontro alcuni ragazzi e ragazze degli Stati Uniti che trascorrono un anno intero a insegnare nelle scuole locali.

Esiste infatti una sede dell'ambasciata americana e un ristretto gruppo di stranieri vive sull'isola per periodi di circa un anno.

Dopo aver fatto amicizia con Robert, capisco che adora conversare, e nei giorni successivi approfittiamo di interi pomeriggi in barca per chiacchierare.

Lui mi chiede di raccontargli dei miei viaggi e della vita in **Indonesia** e in Europa, mentre io lo interrogo su un particolare di **Pohnpei** che voglio a tutti i costi comprendere.

Capisco che è alquanto restio a rispondere alle mie domande ma finalmente, dopo la prima settimana, incomincia a fidarsi di più e inizia a rispondere a una domanda che avevo a cuore.

Durante la prima settimana il gruppo di surfisti era **Surfed out** e quindi Robert ci guida a visitare le rovine di **Nan Madol**, un'area archeologica di circa 18 kmq composta da 100 piccoli isolotti artificiali collegati fra loro da una rete di canali.

Per giungere la zona del sito archeologico dobbiamo attraversare quasi tutta la parte orientale dell'isola ed arrivare all'estremità sud est.

Vi andiamo con una monovolume che lui guida mentre ci descrive i luoghi che intravediamo dai finestrini durante il tragitto.

La strada è fiancheggiata dalla giungla e la vegetazione lussureggiante emana una sensazione di purezza incontaminata.

Ogni tanto incontriamo un piccolo villaggio e le case che si affacciano sulla carreggiata.

Danno l'idea di essere abitate da persone che vivono all'aria aperta, curano i prati, i giardini e le piante che separano l'abitazione dal verde incolto e intricato tutt'intorno.

Robert parcheggia accanto a una di quelle case e ci dice che è una sosta temporanea.

Avrebbe salutato brevemente un amico e noi ne avremmo potuto approfittare per scendere dall'auto e dare un'occhiata in giro senza però allontanarci.

Notiamo un'area all'aperto nella quale sono stati disposti dei tavoli.

Al suo ritorno Robert ci spiega che si tratta di una zona comune dove si riuniscono il proprietario e i vicini, e che stanno allestendo una festa che si sarebbe tenuta quella sera.

È curioso vedere i tavoli senza sedie, bassi che consentono alle persone di sedersi accanto a essi adagiandosi a terra su stuoie, che possono ospitare dalle tre alle quattro persone ciascuna.

Robert ci dice che la comunità contribuisce all'allestimento e che quello è lo spazio permanente riservato alle cerimonie di **Kawa**, e alle riunioni in cui tutti gli adulti del villaggio sono invitati per discutere e prendere le decisioni che li riguardano.

Il **Kawa** è una radice che viene polverizzata in un grande mortaio appena raccolta per renderla solubile in acqua.

Si inserisce la polvere in uno straccio di cotone a forma di palla da baseball, che si massaggia con le mani per farne uscire il contenuto, il quale una volta sciolto e diluito in acqua diventa bevibile.

Sull'isola funzionava così: le grandi famiglie agiscono come delle vere e proprie tribù che si riuniscono a fine giornata per dare spazio a momenti di vita sociale, vissuti rispettosamente e nella gioia di condividere parte della giornata anziché stare ognuno a casa propria.

L'amico di Robert ci vuole offrire da bere acqua di cocco ma, ringraziando per l'ospitalità, decliniamo e salutiamo per proseguire la nostra gita.

Imboccata di nuovo l'unica strada principale, ci troviamo in un tratto che si affaccia su un'incantevole laguna, oltre l'oceano Pacifico che a tratti, nella sua maestosità, ci regala dei meravigliosi scorci di blu.

Noto una collina a forma di piramide tutta ricoperta dal verde a eccezione di una roccia di colore chiaro, che forma una macchia a mezza altezza tra la base e la punta.

Robert ci dice di tenerla bene a mente perché da lì a poco sarebbe diventata parte della storia che avremmo scoperto passo dopo passo.

Altri dieci minuti di strada asfaltata e il van entra in un vialetto che si addentra nella giungla. Ben presto arriviamo a un villaggio, dove alcuni ragazzini stanno giocando con la carcassa di un'auto, ormai senza tetto ma ancora con i sedili e il volante.

Non si curano molto del nostro arrivo, a differenza di un uomo che, uscito dalla propria capanna, ci viene incontro e Robert deve pagargli un dollaro americano a testa per il nostro lasciapassare, valido per il tratto di strada sterrata gestita dalla comunità del suo villaggio.

Il tipo conta velocemente noi e i dollari e, fatto un cenno con la testa, ci fa segno di proseguire.

In seguito dobbiamo pagare l'accesso ad un altro abitante che ha la casa situata all'imboccatura del parco, che da lì a poco attraverseremo camminando per entrare a **Nan Madol**.

Robert parcheggia l'auto in un piccolo spiazzo e ci apre con colpi precisi di machete alcune noci di cocco per idratarci, prima di compiere l'ultimo tratto a piedi.

In quei minuti sale l'eccitazione per la scoperta di quel luogo che abbiamo visto solo in foto, sia con inquadratura aerea, che mostra il gruppo di isolette attorniate da stretti canali artificiali, sia con primi piani delle pietre di basalto, che costituiscono le mura delle rovine di quella che una volta è stata la sede di una città antica.

Gli archeologi hanno catalogato le 100 isolette e noi visitiamo quella che è stata il centro spirituale.

Toccare con mano le mura alte 25 piedi, quasi 8 metri, costruite con una struttura definita dall'Unesco *"Columns Stacked Log Cabin style"*.

Blocchi che pesano fino a 90 tonnellate ciascuno, intrecciati tra loro orizzontalmente, ordinati in file che appoggiano perpendicolarmente una sopra l'altra.

Nel 2016 l'Unesco iscrive quell'opera megalitica nella lista dei Patrimoni Mondiali, accanto a Machu Picchu, alle piramidi di Egitto e del Centro America, a Stonehenge.

Le altre isole artificiali di **Nan Madol** sono ormai ricoperte dalla vegetazione che rende impossibile l'accesso pedonale ad altri resti, come per esempio la costruzione che in un tempo antico è stata il centro amministrativo del complesso megalitico.

Iniziamo ad attraversare un camminamento nella giungla sopra un sentiero di pietre di corallo, che qualcuno ha costruito per attraversare una palude.

A tratti l'acqua di mare raggiunge il bordo di quella passerella accanto alla quale si intravedono le maestose ramificazioni delle radici di mangrovie.

Ogni tanto un ponticello unisce due tratti di quel sentiero incantato immerso nell'acqua e nella vegetazione rigogliosa.

Decido di precedere il gruppo, camminando a passo spedito per provare l'emozione di un esploratore, solo Robert mi segue in silenzio.

Mi fermo più volte a toccare i tronchi di alcuni alberi.

Sembrano di dimensioni colossali e le radici sono cresciute arrotolandosi e formando intrecci, abbracciando completamente l'alto fusto di corteccia liscia.

Quando inizia a piovere, indosso una mantella di nylon per ripararmi, mentre Robert si procura una grossa foglia di palma che usa come ombrello.

Sembra molto funzionale dato che la superficie setosa dell'enorme foglia non assorbe l'acqua ma la fa scivolare via meglio di un tessuto anti-pioggia.

Robert mi sorride cortesemente quando nota che lo sto guardando, incuriosito da quella sua abile mossa.

È come mi dicesse con gli occhi che lui può fare a meno del *windbreaker* perché conosce la giungla.

Continuo a camminare a passo spedito per precedere il gruppo e arrivare per primo alle rovine.

Sono uscito dalla fitta vegetazione e la barriera corallina con gli spruzzi dell'oceano torna a esser visibile.

Tra me e quell'infinito blu cobalto si staglia il tempio di pietra scura.

Una rapida occhiata dietro per assicurarmi di esser solo e con un balzo scavalco il canale artificiale che divide quel sito archeologico dalla terra ferma.

Mi sono concentrato su quegli ultimi passi per respirare a pieni polmoni e avvertire l'emozioni.

Stupore, con una certa reverenza verso quel luogo misterioso.

La pioggia non cade più e ora appoggio per la prima volta le mani sulle possenti mura di **Nan Madol**.

Al tatto sono lisce, umide e danno la sensazione di stabilità.

Voglio ascoltare se nel corpo provo qualcosa.

Così come ho imparato a fare in Sardegna durante le frequenti visite ai Nuraghi e le Tombe dei Giganti, accompagnato dalla mia amica archeologa Ilaria di *Sardegna Sacra*, un progetto di scoperta dei santuari ancestrali dell'isola.

Cerco di immaginare in tempi antichi che cosa significasse entrare nel centro della costruzione e scopro una struttura, interna a delle mura secondarie.

È bassa, con il tetto costituito da enormi cilindri di pietra a base esagonale o pentagonale, incredibilmente appoggiati uno sopra l'altro in un intreccio ordinato.

Sento che è improbabile che degli uomini d'altri tempi, con i mezzi a loro disposizione, potessero aver costruito da soli quel complesso megalitico!

Sento alcune voci provenienti dall'ingresso del tempio.

Gli altri stanno attraversando, l'acqua fino alle ginocchia, quel canale che poco prima mi sono lasciato alle spalle.

È arrivato il momento di entrare, per sedermi un attimo al centro del tempio e ascoltare il silenzio.

Quell'istante di stupore termina non appena sento le prime voci, che a poco a poco si fanno più vicine.

Mi alzo e incrocio lo sguardo di Robert.

Avvicinandomi gli domando che cosa sapesse di quelle rovine e gli dico che vorrei sapere la verità, non le solite risposte che si danno ai turisti per soddisfare la mera curiosità scaturita nel visitare quel luogo.

Lui aspetta di trovarci in disparte rispetto agli altri, che stanno compiendo un giro esterno delle mura.

Quando Robert si sente in confidenza mi racconta la sua storia.

Qualche anno prima è stato ingaggiato da una troupe televisiva che voleva girare un documentario su **Nan Madol**.

Durante le riprese, Robert fa da interprete con i locali e da istruzioni dettagliate per costruire delle zattere con materiali quali tronchi di alberi, liane e funi preparate a mano.

L'intento è quello di replicare il trasporto di alcune pietre di basalto con i mezzi disponibili all'epoca con i quali si presume sia stato costruito il complesso, per testare l'ipotesi della sua realizzazione.

Alla luce delle recenti datazioni al radiocarbonio gli scienziati presumono le isolette artificiali abitate fin dal III secolo a.C.

Una particolarità sta nel fatto che i numerosi blocchi di basalto che compongono l'opera, si stima ce ne siano circa 1200, di un peso variabile da una tonnellata ad alcune tonnellate ciascuno, provengono tutti da una montagna che dista circa 14 chilometri.

Provo stupore nel sentire Robert pronunciare quelle parole.

Ho capito bene? Sì, l'unica cava di basalto è presente sul versante opposto dell'isola e si chiama *Sakehs*.

Robert ha gettato un seme che sta crescendo ed è nutrito da un grande punto interrogativo:

> "Come riuscirono a trasportare dei blocchi così pesanti e voluminosi da un lato all'altro dell'isola con il solo ausilio di piccole imbarcazioni? Soprattutto, se avessero portato con le barche quelle pietre, quanti viaggi avrebbero dovuto fare per innalzare le mura perimetrali alte ben 8 metri? E con quali strumenti avrebbero potuto alzare un blocco dal fondo di una barca per scaricarlo sull'atollo e poi incastrarlo ordinatamente con altri megaliti come se niente fosse?"

È quello lo scopo della costruzione delle zattere.

Volevano simulare una scena verosimile, come sarebbe potuta avvenire nei secoli in cui venne edificata **Nan Madol**.

Robert mi descrive la costruzione della barca per il documentario.

L'hanno fatta robusta e, quando è terminata, una dozzina di forti uomini, con grande impegno sollevano un blocco di una tonnellata e lo depositano al centro dell'imbarcazione.

Gli stessi uomini muovono poi la barca, remando con delle pagaie di legno ma, dopo un breve tratto di navigazione, l'imbarcazione affonda sotto il peso di quel blocco basaltico che pure è di piccola dimensione rispetto alla media di quelli che compongono il sito archeologico.

Pensa, ne hanno scelto uno di una tonnellata e ce ne sono alcuni che sono stimati essere almeno 5 tonnellate di peso.

Per fare un paragone. Un galeone che solca i mari nel quindicesimo secolo può trasportare quei blocchi, ma una volta entrato sopra la barriera corallina non avrebbe potuto navigare in quegli stretti canali artificiali che separano gli atolli delle rovine di **Nan Madol**.

Il motivo? Il fondale è molto basso, tanto che si può attraversare a piedi anche durante l'alta marea!

Una nave di quelle dimensioni si sarebbe incagliata.

E quei galeoni, nel periodo in cui nasceva e si popolava quel sito, non erano ancora stati inventati!

Non esistevano neppure i paranchi, che sono stati ideati secoli dopo da Leonardo da Vinci.

Nel caso che qualche genio del Pacifico li avesse inventati, non li avrebbero potuto utilizzare perché, per sollevare il peso di quei blocchi avrebbero dovuto fissare le strutture a delle carrucole, per molti metri sotto il terreno che in quell'area è di roccia vulcanica. Come avrebbero potuto farlo?

Avevano solo scalpello e pietre, senza il martello!

Robert ha partecipato attivamente alla simulazione messa in opera dalla troupe, nel tentativo di spiegare quel mistero e il risultato è che il mistero rimane tale.

Chiedo a Robert notizie del programma TV, e lui mi spiega che raggiunse una sola rete televisiva satellitare, venne trasmesso una sola volta e ora non è più reperibile.

Viene da domandarsi come mai.

In pratica hanno dimostrato che il trasporto dei blocchi più piccoli non poteva essere avvenuto via mare, figuriamoci i blocchi più grandi, e assolutamente improbabile abbiano percorso i sentieri nella giungla!

Inoltre, se pure i blocchi fossero stati ipoteticamente spostati dal sito di provenienza, fino alle rovine, compiendo un tragitto di svariati chilometri, con quali mezzi li avrebbero poi impilati ordinatamente, nella posizione ancora mantenuta oggi?

Impossibile dare risposte.

Robert riesce a colpire la mia attenzione quando si apre ulteriormente e decide di confidarmi un segreto.

Purtroppo non sarà più tale, dal momento che lo sto condividendo con voi.

D'altra parte non gli promisi, né mi chiese di mantenere per me quella confidenza.

Mi dice che gli abitanti di **Pohnpei** temono il luogo di **Nan Madol** perché fin da piccoli vengono narrate loro storie strane che riguardano quello che accadeva su quegli atolli.

Per alcuni anni la zona è stata interdetta alla costruzione di case e i nativi non frequentano da decenni l'area adiacente.

Furono trovati parecchi scheletri di tartarughe marine, da cui l'immaginario popolare dedusse che vi si fossero svolti rituali cruenti.

A pensarci bene i pescatori di altre isole nel Pacifico mangiano le tartarughe marine e riferiscono che sono gustose tanto quanto il sapore dei crostacei *de gustibus non disputandum est.*

Non faccio fatica a mandare giù l'idea che si tratti di cibo anziché superstizione o riti magici con l'utilizzo delle corazze di tartarughe.

Eppur c'è qualcosa di magico che riguarda quelle mura!

Inoltre si racconta che i giapponesi, durante il periodo di presidio dell'isola, in tempi di guerra, abbiano organizzato un'immersione con palombari nelle acque adiacenti agli atolli di **Nan Madol**, nella direzione del mare aperto e vi hanno trovato almeno due tombe rivestite di titanio.

Altri misteri si legano all'origine di quel luogo, come i racconti di chi si è immerso nei fondali limitrofi e avrebbe visto un corridoio sottomarino che unisce il sito a un'altra isola.

Vennero scattate alcune foto subacquee che documentano la presenza di colonne che potevano costituire l'ingresso di un'imponente città.

Tutte queste informazioni non mi colpiscono più di quella che riguarda la storia tramandata oralmente di generazione in generazione tra i componenti di un villaggio le cui origini risalgono a tempi antichi.

Questa storia narra di uno strumento musicale a fiato che veniva suonato per non far sentire la fatica agli uomini che trasportavano quei blocchi!

Mi sincero di aver capito bene mentre Robert ripete quelle parole.

Rifletto e mi domando come mai anche a **Tiahuanaco**, il sito sul lago **Titicaca** tra il Perù e la Bolivia, c'è una statua che raffigura un antico suonatore di quello che sembra essere un flauto.

Nel sito archeologico di **Tiahuanaco**, considerato il più antico della civiltà andina, è presente sotto il livello del terreno un luogo di forma rettangolare grande come una piscina olimpionica.

Su tre pareti sono scolpiti decine e decine di volti di persone.

Si pensa raffigurino i tratti somatici di tutte le etnie conosciute nell'epoca Inca.

Al centro di quello che rimane di questa parte del sito ci sono tre totem.

Quello più alto, che si trova in linea d'aria di fronte all'altare della porta del Sole, stranamente raffigura una persona barbuta con uno strumento che sembra un flauto, almeno così dice la guida turistica, perché in effetti non lo avrei identificato senza il suo aiuto.

La stranezza sta nel fatto che al tempo degli Inca e dei Nativi Americani le persone non erano solite far crescere la barba, forse a loro non cresceva neppure.

Ma c'è dell'altro, altre similitudini tra **Nan Madol** e **Tiahuanaco**.

Il più esteso sito pre colombiano del sudamerica, è caratterizzato da ceramiche decorate, strutture monumentali e alte mura di massi di pietra megalitici. La cava più vicina dista alcuni chilometri, come mi spiega la guida.

Dice anche che i costruttori avrebbero sì potuto far scendere quei massi dal pendio della collina dov'è presente la cava, ma rimane una grande distanza dalla base della collina al muro.

Come poter trasportare blocchi megalitici con l'ausilio di legno, ferro e senza alcuna carrucola o paranco?

Quindi anche a **Tiahuanaco** ho riscontrato la presenza di massi, apparentemente intrasportabili e di un suonatore di flauto, come a **Nan Madol**.

Davanti a Robert, che continua a raccontare, ricollego congetture su quello che poteva esser accaduto a **Nan Madol**, a **Tiahuanaco**, e in Egitto.

Un'amica italiana, esperta di geometria sacra, mi ha infatti riferito che anche in Egitto è stato trovato uno strumento musicale a fiato, un reperto che ora è conservato nel museo egizio a Londra.

Da **Nan Madol** ho appreso a mettere in dubbio che le Piramidi egiziane fossero state costruite da operai, che sarebbero stati in grado di spostare blocchi di pietra enormi, con il solo ausilio di animali da traino, qualche tronco d'albero e delle funi preparate a mano, o con l'ausilio di strumenti rudimentali.

Quante decine o centinaia di anni avrebbero impiegato a completare una delle Piramidi?

E quanti uomini e anni per trasportare circa 1200 blocchi di basalto dal giacimento a nord di **Pohnpei** fino al sito di **Nan Madol**, a sud della stessa isola, senza i mezzi moderni?

Mi pare, grazie al confronto con le guide locali, di aver trovato un parallelo che unisce l'origine di quei siti archeologici, connessione fonte d'ispirazione e di sorpresa.

Sono felice di vivere in prima persona quelle emozioni, di condividerle con due gruppi di italiani a cui faccio da guida nel sito archeologico in Perù e di aver ideato una connessione personale, seppur ipotetica.

Da una parte la storia ufficiale e dall'altra la vita vissuta, un connubio che mi fa sentir leggero nel profondo.

La sera prima di addormentarmi penso all'esperienza vissuta a **Nan Madol** e mi compiaccio di quello che ho scoperto.

È una sensazione nuova che voglio condividere.

Ho imparato ad approfondire le informazioni che ricevo.

In questa epoca mi sento sommerso di notizie da parte di media, social, slogan, pareri più o meno autorevoli, di veri o presunti professionisti, opinionisti e scienziati.

Oggi ho avuto conferma di quanto sia necessario impegnarsi a capire a fondo quello che di volta in volta si vuole conoscere nella vita.

In altri termini ricercare autonomamente e farsi un idea propria ragionando e considerando l'aspetto olistico che include i racconti per trovare quel filo conduttore tra mente e cuore che si genera con l'esperienza vissuta.

In viaggio ho l'occasione di sperimentare.

Mi addormento sorridendo all'idea di sentirmi compiaciuto e grato per aver la possibilità di scegliere a cosa credere, un senso di libertà che forse altre persone non sanno come ottenere.

Siamo talvolta intrappolati in forti convinzioni limitanti, tradizioni troppo autorevoli da poter contrastare senza prendersi dei rischi, oppure in situazioni tragiche in cui la vita non ti permette di uscirne, non ti permette la libertà di scelta.

Cosa voglio fare da grande?

Dove voglio viaggiare?

Cosa veramente mi appassiona e come posso crearmi un attività ad essa inerente?

Sulla strada di ritorno, Robert ci fa visitare anche una famosa cascata, **Kepirohi**, e ne approfitto per fare un tuffo circondato dall'incanto di paesaggio incontaminato.

Anche questo sito ha l'irrisorio costo d'accesso di un paio di dollari, come **Nan Madol**.

Sono destinati alla famiglia locale che si impegna a prendersi cura del sentiero, tenendolo pulito.

La vegetazione è composta da fiori tropicali colorati e dal verde intenso di palme e altri alberi, irrigati dall'acqua che scorre ininterrottamente nel ruscello alimentato dalla cascata.

Durante la permanenza a **Pohnpei** torno più volte in quel luogo portandomi tutto il necessario per un picnic.

Ne approfitto per immergermi sotto il getto d'acqua e siedo alla base della cascata, lasciandomi completamente avvolgere.

Chiudo gli occhi e penso alle onde.

In particolare, al momento in cui il labbro dell'onda sbattendo con un tonfo sordo sul fondale di corallo, genera un suono tale da incutere paura.

Ripeto dentro di me:

"Luca, questo suono d'acqua è tuo amico, fatti amica anche la paura alimentata dal tonfo dell'onda sul corallo e questo semplice ed efficace gesto ti aiuterà a esser concentrato durante la surfata".

La prova riuscì alla grande.

Quando torno sulla *line up* il giorno seguente non sto più nella pelle di salire su onde di alcuni metri che spostano una massa d'acqua di notevole potenza.

L'energia delle onde che si sono create ha percorso migliaia di miglia nell'oceano prima di arrivare e arrotolarsi in quelle meravigliose **barrels** liquide.

La distanza percorsa da una *swell* è chiamata *fetch*.

La sensazione che ogni surfista desidera sperimentare, il momento in cui è completamente avvolto dall'onda.

In quegli istanti il tempo si ferma e la mente scatta attraverso gli occhi una fotografia, che inquadra quella particolare forma della parete liquida, il *barrel*.

I surfisti la chiamano anche *green room*, la stanza verde. Il giallo del sole attraversa il blu dell'acqua e rende i colori in un gioco di luce che ricorda l'arte psichedelica.

La sensazione che si prova in questa manovra è difficile da descrivere a parole, posso dire che sembra di volare, di vincere le leggi fisiche della gravità, si sente di essere tutt'uno con la tavola e l'oceano.

Si raggiunge uno stato di coscienza alterato?

Tutto inizia quando si viene avvolti dalle pareti d'acqua mentre la tavola perde peso sotto i piedi, plana e dà la sensazione di essere sospesi per aria e spinti in avanti.

Succede qualcosa di magico così immersi nella natura.

È come se si generasse una connessione con qualcosa di grande, immenso, l'energia prodotta dal movimento dell'oceano.

Pur se si acquista una grande velocità ed è tutto in costante movimento, non serve far altro che rimanere centrati sulla propria tavola, guardare in avanti, se sentire la spinda proveniente da dietro la schiena.

Immergendo la mano nella parete liquida si può frenare fino a produrre una situazione di stallo, prolungando in questo modo l'istante in cui si è *covered-up* circondati da pareti d'acqua.

L'esperienza della cascata mi serve per abituarmi al rumore dell'acqua, quello dell'onda che esplode sul *reef* con un tonfo potente.

Imparo a non lasciarmi distrarre dal quel tonfo, che d'istinto mi fa irrigidire i muscoli, e trovo l'equilibrio sulla tavola in armonia con il movimento dell'acqua attorno a me.

Alcuni giorni più tardi decido di tornare nel tempio di **Nan Madol** e vivo una notevole esperienza di meditazione.

Per farlo scelgo di utilizzare una fessura nel terreno, accanto a un albero, che è vicina alla base di una muraglia artificiale.

Prima mi siedo a terra, poi infilo le gambe e trovo un appoggio per i piedi, e così mi calo dentro una grotta profonda alcuni metri e larga un metro e mezzo.

Dopo pochi passi a testa china raggiungo il fondo che si congiunge alla muraglia e mi siedo.

Chiudo gli occhi, anche se l'oscurità impedisce di vedere la luce filtrare dall'apertura sul terreno.

Incrocio le gambe nella posizione del loto e unisco indice e pollice di ciascuna mano, che ho appoggiato sulle ginocchia.

Inizio a respirare profondamente per superare la sensazione che mi provoca l'oscurità e un'emozione forte attraversa il mio corpo. Il silenzio.

In quell'istante sono estraneo a tutto e a tutti.

Sento un profondo senso di gratitudine che consegno alla vita con la frase:

"Io Luca Bider, decreto qui e ora di far regnare permanentemente l'Amore, la Pace e la Gioia in me, attorno a me, per il mio beneficio più grande, per il beneficio di tutti, della Madre Terra e dell'intero Universo, e così sia, così è e così è già stato".

Ho già utilizzato quella formula in varie occasioni durante le giornate trascorse a Pohnpei** **per meditare sulla fortuna di vivere liberamente e in armonia con la natura, sia facendo surf che in altri momenti, sentendo una forte gratitudine per la Madre Terra che rende possibile tutta l'esistenza.**

Penso per un momento se ho provato paura per esser sotto terra, in un tempio abbandonato e appartenuto a chissà quale epoca... costruito da chi?

Se avessi provato paura, l'avrei superata con un gran respiro.

Sarebbe stata paura buona, nel senso che non blocca, ma spinge in avanti come una forza.

Sì, intendo utilizzarla come una forza, e se domani posso remare e fare un *take off* su una grande onda dell'oceano, sicuro non mi tiro indietro.

Remerò con decisione, con forza di volontà maggiore grazie alla trasformazione della paura.

Cercherò di infilarmi nella *green-room* e provare miglior sensazione che un surfista possa desiderare.

Ne parlo, mesi dopo, con un'amica, esplorando quanto l'immaginazione possa fare effetto sul corpo e quindi produrre una reazione invece di un'altra.

Lei mi fa l'esempio di quello che accade quando sogniamo.

> "Ti è mai capitato di avere un incubo? Tutto diventa così reale che nei casi più forti il tuo corpo inizia anche a sudare, a muoversi, ad avere degli scatti. Questo perché quando la tua mente immagina, il corpo non distingue se è vero oppure no, reagisce a quello che la mente proietta. Vale anche quando decidiamo volontariamente che cosa immaginare. Diamo vita a delle emozioni e a delle reazioni positive o negative, a seconda di quello che decidiamo d'immaginare. Uno dei poteri della nostra mente è l'immaginazione, il passaggio in materia

di quello che desideriamo. Prima di realizzare un desiderio, un micro obiettivo è necessario visualizzarlo e metterci la giusta intenzione. Produrremo, immaginandola, la sensazione che si proverebbe una volta raggiunto. Le emozioni, che generiamo, costituiscono una carica, una spinta alla realizzazione. La visualizzazione è il mezzo, l'emozione il carburante, l'intenzione il tramite. Consapevolmente tu inizi a dare vita ai comportamenti che ti porteranno direttamente lì".

Ora capisco come ho immaginato e realizzato l'intento di surfare dentro una delle onde più spaventose dell'Oceano Pacifico, e non solo!

Sono nato e cresciuto in Italia, dove ci sono onde, ma non siamo certo abituati a quelle dimensioni e forme nettamente superiori.

Quando mi trovo dentro la cascata, e quando immagino nel buco nel terreno del tempio cosa desidero, la mia mente prepara il corpo ad affrontare e vincere una nuova sfida.

La mia immaginazione crea le strade migliori per poter realizzare quello che desidero fin da piccolo.

Non ho genitori surfisti, quindi non mi sono preoccupato del "come" realizzare i sogni.

Ora capisco che tutto si muove in modo che tutto accada e ne sono testimone.

Quando giungo alle **Fiji** surfo quello che un tempo era solo un'immagine nella mia mente.

Due immagini delle Fiji, una ritrae la concentrazione durante il mio primo cut back a Cloudbreak, in basso scatto una foto dalla barca per rendere l'idea delle dimensioni della swell.

9 – PROVARE AD ESPATRIARE ALLE FIJI

"Vedere un mondo in un granello di sabbia. E un cielo in un fiore selvatico. Tenere l'infinito nel cavo della mano. E l'eternità in un'ora." William Blake, poeta e pittore inglese considerato una figura fondamentale nella storia della poesia e delle arti visive dell'età romantica.

Dal finestrino dell'aereo decollato da **Papua Nuova Guinea** il mio sguardo si catapulta in basso verso le incantevoli figure disegnate dai fondali di corallo che sembrano abbracciare tutt'intorno i gruppi di lussureggianti atolli.

Attorno a queste montagne sommerse le barriere coralline risaltano attraverso il blu smeraldo della superficie dell'oceano.

Mi ricordano l'acqua cristallina della **Sardegna** nei giorni di sole.

Dal cielo sopra le **Fiji** vedo anche le numerose linee create dai frangenti di schiuma bianca che lasciano immaginare la presenza di **barrels** e accrescono la voglia di surfare.

Per il surfer, i tubi che srotolano sulla barriera corallina dei fondali degli atolli fijiani sono il paradiso.

Sia per chi surfa *natural* e *goofy*.

Ci sono infatti onde destre e sinistre di alta qualità.

Ogni atollo ha una forma molto sinuosa.

Tavarua visto dall'alto, ha la forma di cuore.

Il surfista pellegrino aguzza la vista e coglie quelle sfumature dell'oceano Pacifico che indicano la presenza di *spots* surfabili.

Arrivo alle **Fiji** nel 2017 con un volo intercontinentale a **Nadi**, sulla costa ovest di **Viti Levu**, l'isola principale.

Ho cercato una compagnia aerea che atterrasse nella capitale **Suva**, ma niente!

Eppure l'aeroporto è segnato sulla cartina.

Non ce ne sono.

Mi domando se un uragano non abbia temporaneamente danneggiato la struttura.

Una volta l'anno infatti l'isola è colpita da questi fenomeni che generano inondazioni, forte vento e parecchi danni, con alberi sradicati, tetti di case scoperchiati e strade rovinate da frane.

La capitale in particolare è spesso colpita da forti perturbazioni a causa della sua ubicazione al centro di una valle contornata da montagne che intrappolano nuvoloni carichi di pioggia.

Alcuni surfisti professionisti sono talmente legati sentimentalmente alle onde fijiane che una volta l'anno organizzano una raccolta di fondi per assicurare acqua potabile alla popolazione maggiormente colpita.

Tra marzo e settembre non ci sono tifoni, quindi, scegliendo accuratamente quando far visita ai fijiani, si può evitare di sperimentare un'avventura pericolosa.

Alle **Fiji** ci sono attrattive per tutte le tasche, alberghi di alto livello e resort esclusivi, oppure sistemazioni meno dispendiose e vicine a numerosi *spots*, come quelle dove abitiamo nei mesi da marzo a giugno.

Viaggio insieme a Niki, fotografa indonesiana di surf, che ha deciso di affiancarmi in quest'avventura.

Non abbiamo nessun programma per i mesi a venire se non quello di procurarci al più presto un lavoro temporaneo e mantenerci per novanta giorni, l'intera durata del visto turistico.

Cioè surfare tanto, spendere il meno possibile e cogliere opportunità per svolgere un lavoro divertente.

Scendiamo dall'aereo speranzosi di realizzare quel desiderio e con tanto entusiasmo, pronti a cogliere ogni novità!

Abbiamo deciso di iniziare la nostra avventura prenotando il *Plantation Resort* nell'isola di **Malolo** perché offrono un pacchetto *"paghi 7 notti e pernotti 10 giorni"* e la stagione è ancora bassa e i prezzi molto abbordabili.

Rispetto all'Europa e col potenziale d'acquisto del dollaro fijiano un euro è come se valesse due volte e mezzo.

Mi sembra un'ottima occasione per conoscere la vita dei fijiani e parlare con le persone del posto per raccogliere informazioni utili.

L'esperienza è più ricca quando fai così e sei aperto all' improvvisazione, il senso del viaggio diventa visitare le persone e non i luoghi, innescare relazioni invece di accumulare informazioni.

Info vive, interattive, non statiche e preconfezionate.

Il mio istinto ha visto giusto ancora una volta. Già dai primi giorni il nostro desiderio inizia a fluire con gli eventi che accadono al *Plantation Resort*.

Fattori determinanti nella scelta di **Malolo** sono la vicinanza alle onde, nessun centro abitato, solo un porto turistico, una pista d'atterraggio, due villaggi residenziale per stranieri.

Per risparmiare decido di cercare indipendentemente il trasporto dalla spiaggia **Nadi**, vicina all'aeroporto, a **Malolo**.

Il costo del traghetto proposto dal resort mi pare troppo alto, quindi decido di dare un'occhiata in giro.

Tutta la nostra concentrazione è rivolta a realizzare qualcosa di nuovo.

Innanzitutto consulto una cartina e cerco una struttura poco distante ed economica.

Dobbiamo prepararci alla ricerca di onde perfette e di un lavoro gradevole.

Bisogna perlomeno essere ben riposati.

Il nostro volo è arrivato poco prima del tramonto per cui ci serve un letto comodo per la prima notte e la possibilità di fare due passi in spiaggia per sgranchire le gambe e digerire la cena.

Grazie alla connessione wifi gratuita dell'aeroporto scopro che la stanza in affitto presso la struttura *Beach House*, per dieci euro a testa, include il servizio di pick-up dall'aeroporto.

Colgo l'offerta online.

Arrivati alla reception lo staff del *Beach House* ci accoglie con cordialità ed il check-in è molto rapido.

Lo staff, molto giovane e allegro, parla un ottimo inglese e ci danno le importanti informazioni relative al nostro soggiorno.

Chiedo se sanno di trasporti per **Malolo** e ci dicono che anche altri ospiti hanno chiesto un passaggio e che domani mattina posso concordare l'orario di partenza, e stabilire un trattamento conveniente.

Sbrigo le faccende e riusciamo a godere lo spettacolo del tramonto a pochi metri dalla battigia, seduti su un enorme tronco arenato grande abbastanza da accogliere due pellegrini surfisti sbarcati freschi sull'isola.

L'atmosfera festaiola di alcuni clienti dell'ostello non ci tocca perché siamo assorti nel contemplare la bellezza dei colori arancione e rosa del cielo.

Nei mesi successivi frequentiamo di tanto in tanto il *Beach House* per farlo conoscere ad altri viaggiatori incontrati lungo il cammino.

Quel posto ci piace perché propone serate di musica dal vivo nella terrazza fronte mare e la cucina del bar prepara pizza, sandwich, hamburger e patatine fritte ventidue ore al giorno, chiudendo un paio d'ore per consentire la pulizia generale della cucina.

Il proprietario australiano della struttura ha messo in piedi quel servizio di cucina che lo avvantaggia rispetto ai fast-food e altri ristorantini dell'adiacente cittadina di **Nadi**, che chiudono dopo l'orario di cena, si è così garantito una buona affluenza giorno e notte.

Al tramonto immaginiamo le onde e il resort che si trova all'orizzonte, di cui intravvediamo la sagoma scura delle colline tra l'oceano e il cielo stellato.

È una notte di luna piena e la sua luce si riflette nella baia sulla superficie del mare.

Ogni tanto guardiamo divertiti la combriccola di giovani provenienti da tutto il mondo che ride e conversa chiassosamente sulla spiaggia del *Beach House*.

Osserviamo a lungo un gruppetto di vacanzieri.

Dai differenti accenti, noto che i componenti appartengono a un mix di paesi lontani.

Se la stanno spassando allegramente a ritmo di birre e rock'n roll.

Non si accorgono della nostra presenza quando ci avviciniamo per guardare il menu.

Aspettando la portata, un simpatico ragazzo locale si avvicina e ci invita a partecipare alla cerimonia del *Kava Kava* perché c'è l'ultimo giro di bevute e poi avrebbero terminato quel rito popolare delle isole del Pacifico.

A **Ponhpei** chiacchierando con un americano avevo già sentito parlare del *Kava*, una pianta arbustiva dalle svariate qualità, ce lo offrirono alcune volte ma mai accettai.

So che è un drink popolare anche negli Stati Uniti con la nascita di centinaia di *Kava bars*.

Le proprietà simili all'alcool del principio attivo rendono facile la socializzazione.

Ma non solo, diminuisce lo stress senza gli effetti collaterali delle bevande alcoliche.

Questa pratica fitoterapica ha altri effetti importanti che ho riscontrato personalmente, ovvero contribuisce al mantenimento del benessere psicofisico.

Alle **Fiji** la *Kava* si beve con la tradizionale cerimonia, dal guscio delle noci di cocco.

Seduti a piedi nudi in cerchio sopra delle stuoie.

Suonano la chitarra e intonano canzoni che i partecipanti accompagnano con grande partecipazione.

Ricorda tanto l'atmosfera delle serate spensierate trascorse da ragazzino davanti al fuoco con amici chitarristi o ad ascoltare musica leggera.

Qui alle **Fiji** tutti sorridono e si rivolgono all'altro con atteggiamento rilassato, visi aperti e occhi vispi.

Sarà che bevono *Kava* tutti i giorni?

Come sperimentiamo quella sera, si beve seguendo un rituale, come fanno i giapponesi per il tè, ed è un esempio concreto di come viene celebrata la vita sociale dei villaggi e delle comunità fijiane.

Si svolge in molte occasioni come aperitivo di benvenuto con i clienti di strutture ricettive per festeggiare la vacanza o per stare insieme nelle ore serali.

La pozione di *Kava* non va assaporata, non è un calice di vino da sorseggiare, piuttosto il piccolo sorso va buttato giù tutto d'un fiato!

La preparazione è folcloristica, si immergono le radici polverizzate in una bacinella dentro un telo di cotone.

Questo fa da filtro prima di finire nei bicchierini.

Dopo averla bevuta, le labbra si intorpidiscono e, se assunta in quantità, o rilassa e mette tanto sonno da voler correre a letto, oppure produce un effetto di leggero stordimento fisico, simile a ubriacatura, ma lascia la mente lucida.

Possiede la duplice proprietà, da una parte stimolante ed euforica, dall'altra rilassante e tranquillizzante.

Migliora l'umore e favorisce un sonno naturale, allevia le tensioni muscolari soprattutto dopo una giornata trascorsa all'aperto o surfando per ore sotto il sole del Pacifico.

Un calmante naturale, mica male!

Vale la pena di partecipare almeno a un cerchio di *Kava*, usando moderazione!

Eh sì, perché a volte il *local*, quando sarà il tuo turno, proporrà scherzosamente l'alta marea, *high tide* o bassa marea, *low tide*, per indicare il bicchierino pieno fino all'orlo o a metà.

Meglio procedere con una *low tide* in modo da abituarsi all'effetto della bevanda per poter godere appieno delle proprietà della pianta senza strafare.

Oggi un amica del posto sta partendo per una esperienza di lavoro in Australia.

Un ottima occasione per salutarla con alcune serie di *high tide*.

I suoi tre fratelli maggiori vogliono bere a più non posso e Niki accetta.

Appena ci alziamo da quel cerchio di *Kava* barcolla come se fosse ubriaca.

Prima di salire in macchina rigetta tutto.

Il ricordo di quella reazione le è rimasto talmente impresso che non si è più seduta nei cerimoniali di *Kava*.

Girando per i mercati coperti e incontrando per strada molte piccole bancarelle ci stupiamo per la grande varietà di frutta e verdura che i fijiani coltivano e vendono, insieme a uova, pannocchie, pesce fresco.

Constato la ricchezza di prodotti alimentari che provengono da agricoltura e allevamenti non intensivi, quindi di qualità.

Esiste una particolare etichetta circolare azzurra che applicano per pubblicizzare tali prodotti genuini: **"Fijian Organic"**.

Più diffusa l'etichetta **"Fijian Made"**.

Apprendo, facendo due chiacchiere con la gente per le strade, che la maggior parte della popolazione è originaria dell'India.

Una vasta comunità di indiani si è trasferita per costruire le strade e le infrastrutture dei coloni inglesi o per coltivare la canna da zucchero.

Un coloratissimo tempio indù è ben visibile all'incrocio tra **Nadi** e l'unica strada che si dirama nelle due direzioni dell'isola di **Viti Levu**, e si chiama, con fantasia tutta anglosassone, a nord *King's road* e a sud *Queen's road*!

I nativi fijiani sono la minoranza della popolazione e sono riconoscibili per il fisico robusto di entrambi uomini e donne.

Muscoli pronunciati, a volte fin troppo, tanto da sfociare in casi di evidente sovrappeso.

Le persone discendenti dagli emigrati dall'India sono per lo più di corporatura longilinea e con pelle molto scura forse per la continua esposizione al sole.

In totale alle Fiji vivono meno di un milione di abitanti, distribuiti su circa 333 isole e atolli, un mix di cultura tradizionale nativa e indiana, di religioni cristiana cattolica, induismo e islam che convivono in maniera semplice e pacifica.

Il turismo è una delle fonti di reddito, ma l'economia si basa sulla produzione ed esportazione di canna da zucchero, noci di cocco, zenzero e copra da cui si estrae l'olio di cocco.

Dotata di risorse della foresta, minerarie e ittiche in abbondanza, molti nel Pacifico la considerano una nazione fiorente, gran parte della popolazione è impiegata nell'agricoltura di sostentamento.

Ho vissuto con loro per ben tre volte in periodi di durata variabile da due a tre mesi.

La vita tranquilla li contraddistingue rispetto ad altri orientali quali gli indonesiani, invece molto attivi e a volte frenetici.

Il famosissimo atleta, undici volte campione mondiale di surf, Kelly Slater, dopo aver viaggiato a lungo per il mondo durante tutta la sua vita, in una intervista del 2015 ha rivelato:

> "Vengo alle **Fiji** da ventiquattro anni. Mi sono innamorato del luogo. Penso che sia il posto con la bellezza più incredibile che ho mai visto. La cosa primaria che noterai quando passerai del tempo alle **Fiji** è che la cultura è molto improntata sul dare e i fijiani condividono molto."

E prosegue dicendo:

> "È una generosità circolante nell'ambiente".

Nel 2018 l'ente del turismo fijiano ha condotto una ricerca per definire il *bullaonaire*, un mix tra *billionaire* e persona felice, tra miliardario e *bula*, espressione figiana per rivolgere un saluto in modo gioioso.

Tutti alle **Fiji** dicono ciao sorridendo con un *"Bula"*.

Sono davvero ricchi di felicità, godono di buona salute ed energia per la vita come recita la nuova campagna pubblicitaria?

Certamente sono ricchi di gioia, perché sono spesso sorridenti senza motivo, rilassati e calorosi, forse aiutati dal vivere in un ambiente tropicale, nel quale non mancano spiagge incantevoli, natura lussureggiante e immense case giardino.

I fijani vivono immersi nel verde e nel blu, colori che danno gioia, pace, energia positiva.

Sono i colori della bellezza e della profondità, della terra e del mare.

Il giorno seguente al nostro arrivo abbandoniamo **Nadi** e ci trasferiamo al *Plantation Resort* di **Malolo** tramite una traversata in traghetto di circa 30 minuti.

Siamo alla ricerca di buoni *spots* e di lavoro, e presto arrivano entrambi.

Surfiamo a **Cloudbreak**, il più famoso break dell'isola e sento di vivere un sogno ad occhi aperti!

Sono insieme a una manciata di australiani con cui ho condiviso le ottime onde ed uno di loro, di nome Bruce, m'invita a incontrare la sua famiglia.

Accetto volentieri, questa sera ho voglia di scambiare due chiacchiere con lui e concedermi un po' di relax dopo aver esplorato i dintorni addentrandomi nella macchia tropicale.

Io e Niki camminiamo all'ombra della vegetazione, tra le palme in cerca di cocco fresco da bere, e tra alberi di mango da cui pendono i frutti maturi.

Io cerco, spesso con successo, di farli cadere, lanciando verso i rami delle canne di bambù.

Dopo esserci dissetati e nutriti con quei succulenti frutti ricoperti di buccia verde e dalla morbida polpa arancione, lasciamo la giungla per ritornare alla camera da letto seguendo la spiaggia.

Capitiamo proprio vicino alla villa, tipica del villaggio di Plantation, dove dimora l'amico australiano.

Lo vedo sull'uscio del portico, insieme a quelle che intuisco essere la moglie e le figlie.

Mi avvicino e mi riconosce come il ragazzo italiano della surfata pomeridiana.

Mi stupisce il loro modo diretto e gioviale ma presto ci faccio l'abitudine, sembra che tutti gli australiani siano persone aperte ed espansive per cui è facile iniziare a conversare con loro se ci si avvicina con un sorriso cordiale.

A un certo punto, la moglie dice una cosa che mi colpisce come una freccia al petto:

"Ci piace tanto il posto e stiamo cercando una casa da comprare o affittare. Mio marito e io ne parlavamo poc'anzi. Sono scrittrice e giornalista, lavoro da casa, e posso farlo qua come in Australia. Tanto vale farlo qua. Le mie figlie stanno con me, qui si trovano bene e possono giocare in spiaggia mentre il papà è a surfare".

Queste parole avrebbero colpito il cuore di qualsiasi surfista e io ci leggo un segnale forte e chiaro.

Non sono l'unico che si sta innamorando delle **Fiji**.

Quando lei mi chiede che cosa ci facciamo lì le dico della nostra intenzione di trovare lavoro e di conoscere meglio la vita delle persone sull'isola principale di **Viti Levu** e dei suoi centri abitati come la capitale **Suva**, il porto commerciale di **Lautoka** e quello turistico di **Denarau**, accanto alla vivace **Nadi**.

È di conforto sapere che qualcun altro, fino a un momento prima sconosciuto, la pensa come me e prova un sentimento simile.

Il mio caso è un po' diverso, questa famiglia australiana ha già un lavoro che si può portare dietro e cerca casa a **Malolo**, a noi quell'isola risulta troppo piccola per sostenerci.

Così lo affermo ad alta voce.

A dire il vero è la prima volta che ne parlo con qualcuno, eccezion fatta per Niki, ma in quel momento capisco quanto sia utile esprimere le proprie intenzioni in modo affermativo, chiaro e in prima persona.

È proprio questo il primo passo per realizzare qualcosa di reale.

Quella conversazione mi entusiasma tanto che mi viene voglia di fare due passi, fermare il momento dentro di me.

Ci congediamo e torniamo a passare la prima notte nella nostra villa costruita in tradizionale stile fijiano, tetto alto senza contro-soffitto per far circolare l'aria fresca che dà quella caratteristica rustica con le travi di legno a vista.

Anche i dettagli del taglio delle travi, l'incastro, sono qui tipici degli artigiani locali, senza chiodi.

Ci dirigiamo a piedi in una zona che non conosciamo e mi accorgo che è quella indicata dalla mappa come "solo per adulti".

Vi entriamo e capisco che non è un *red light district* non è consentito l'accesso a famiglie con bambini al seguito al fine di preservare la tranquillità degli ospiti, delle coppie in cerca di relax.

Idea geniale. Questo posto continua a sorprendermi e al tempo stesso mi insegna cose nuove.

Camminando guardiamo le stanze degli ospiti, delle ville di piccole dimensioni a due passi dalla battigia, immerse in giardini incantevoli con fiori colorati ed alte palme intorno.

Giungiamo ad una tettoia in legno sotto la quale si è appena svolta una cerimonia, che poi scopriamo essere un matrimonio.

Poco più avanti, a pochi passi dalla spiaggia, una piscina ben tenuta, con gazebo e ampi divani di bambù ricoperti di cuscini enormi.

Mi viene una gran voglia di rinfrescarmi, tuffarmi e abbandonare il corpo a peso morto nell'acqua.

Lasciarmi riattraversare dalle stupende emozioni vissute in questa indimenticabile giornata.

Surf con onde epiche, nuovi incontri, condivisioni, natura rigogliosa, e un luogo incantevole.

Indosso solo il costume, così mi dirigo sul bordo e mi lascio cadere.

La piscina è ampia, dalla forma irregolare, sinuosa e con zone circolari per sedersi uno di fronte all'altro.

Mi piace molto il mosaico a sfondo azzurro che la ricopre.

La parte centrale è adatta a nuotare per cui non mi lascio sfuggire l'occasione per fare qualche vasca, mentre Niki rimane fuori.

Non è sicura ci sia libero accesso a quella zona del resort.

In effetti è così.

La mia nuotata da subito nell'occhio.

Mentre sono assorto in dolci pensieri, una ragazza in divisa si avvicina chiedendo se siamo ospiti.

Mi scuso e sto per uscire dal caldo abbraccio dell'acqua di mare, quando una coppia di mezza età, con un cocktail in mano, si avvicina.

Ci salutano cordialmente, congedano la guardia e invitano anche Niki a tuffarsi.

Mi stupisce il loro atteggiamento, anche se mi sto abituando alla cordialità delle persone australiane e chiedo di dove sono.

Sono infatti neozelandesi.

Domando il motivo di quell'invito alquanto sorprendente, in una zona per adulti poi!

Cosa sta succedendo?

Mi rassicurano subito, dicendo che vogliono solo farci alcune domande.

Incuriosito, convinco Niki a fidarsi così capiamo il motivo di quell'incontro casuale ma non troppo.

La coppia sulla cinquantina, John e Clara, si sono costruiti delle aziende alle **Fiji** senza però abbandonare la vita in patria, che dista un paio d'ore di volo.

Sono sorridenti, rilassati e gentili.

"Ci siamo chiesti se foste turisti e se aveste già cenato in questo ristorante"

ci dice John indicando la zona poco più in là della piscina.

Quando capiscono che non alloggiamo in quella zona dell'isola la loro reazione è ancora più inaspettata.

Ci vogliono offrire da bere per fare due chiacchiere perché li abbiamo colpiti!

Che cosa li ha colpiti?

Sono forse ubriachi?

A questo punto voglio vederci chiaro e capire quali sono le loro reali intenzioni prima di trovarci in una situazione scomoda.

Io e Niki usciamo dalla piscina e chiedo loro di chiarire cosa vogliono da noi.

Di rimando domandano se siamo interessati a un lavoro e, al nostro sì, ci raccontano brevemente la loro storia.

Sono arrivati lì con la barca nuova e hanno già frequentato gli altri ristoranti dell'isola e delle isole adiacenti.

Sono proprietari di un agenzia turistica specializzata per il turismo a Bali, *Bali Bible*, la bibbia di Bali.

John ci mostra le foto della loro pagina Instagram vantandosi di avere due milioni di *followers*.

Siccome gli piacciamo, non ho ancora capito in che senso, si offre di aiutarci e, se ceniamo con loro, ci spiegano in che modo.

Vogliono sviluppare un progetto che hanno chiamato **Fiji Bula Bible** sulla falsa riga di **Bali Bible**.

Vogliono aumentare il numero di visualizzazioni del loro account Instagram e ci spiegano il piano di creare la medesima piattaforma per i turisti delle **Fiji**..

Io e Niki ci guardiamo stupiti di quello che sta accadendo, accettiamo l'invito.

Li salutiamo dandoci appuntamento a più tardi e vado a dire a un cameriere di preparare un tavolo per quattro a bordo piscina.

Torniamo svelti fino al bureau, ci vestiamo e, all'ora prestabilita, siamo all'appuntamento.

Niki piace fin da subito, probabilmente perché i due hanno già un debole per l'**Indonesia**.

Per il nome si sono ispirati al termine *bula*, molto usato dalla gente del posto.

Si pronuncia *bulà* e viene usato ogni volta che si incontra qualcuno, sorridendo, un modo molto gentile e cordiale per dare il benvenuto a ogni visitatore, turista, cliente o altro.

Durante la cena giochiamo bene le nostre carte.

Parlo delle mie esperienze come addetto alle pubbliche relazioni per clienti di resorts e surf clubs e Niki delle sue come fotografa di surf.

Faccio esempi di quello che possiamo fare per incrementare la loro visibilità.

Brevi cortometraggi da postare sulla loro pagina di Instagram.

Parlo loro di *DoYouTravel*, nome dell'iniziativa ideata da una coppia di giovani che si è conosciuta in viaggio alle **Fiji** e si è inventata il lavoro di *travel blogger* raggiungendo l'attenzione di centinaia di migliaia di seguaci.

Con quella semplice idea si sono poi rivenduti in giro per il mondo, ospitalità in cambio di una foto al giorno, da postare per pubblicizzare le strutture ricettive.

Questa proposta concreta li stupisce.

Centro al primo colpo!

Ci offrono un lavoro per l'agenzia. Cercano proprio due giovani che sanno come fotografare e pubblicare sui social le principali attrazioni turistiche dei loro partners locali.

Quello che riusciamo a fare da quell'incontro in poi, per i mesi successivi è molto simile a quello che ci siamo immaginati.

Accettiamo l'invito a casa loro per i primi giorni per ambientarci.

Quando arriviamo all'indirizzo dato siamo stupiti dal trovarci davanti una villa strepitosa in stile fijiano.

Tutti i comfort possibili. Piscina, molo privato con attraccata la loro barca nuova, biciclette e una cucina che possiamo usare quando vogliamo.

Inoltre abbiamo a disposizione la loro donna di fiducia che ci avrebbe fornito le indicazioni utili per ogni necessità.

Da quel momento noi e i due neozelandesi diventiamo amici, cuciniamo a casa loro ottime pietanze indonesiane e italiane.

Cucinare ci rilassa molto a fine giornata ed è un ottima occasione di confronto.

Grazie a John e Clara si aprono molte porte da operatori del turismo.

Fissiamo giornate in cui ci tratteranno come veri e propri turisti, che acquistano un pacchetto giornaliero, per sperimentare escursioni e varie attrattive.

Siamo entrati dalla porta principale alle **Fiji**!

La casa di John e Clara è nel quartiere di **Port Denarau**, un'area residenziale contornata da campi da golf, alberghi, viali alberati, progettata da un gruppo di facoltosi cinesi.

Questi, anni prima, hanno bonificato un'intera palude trasformandola in un complesso golfistico dove ogni anno si svolge un campionato internazionale.

Le migliori catene alberghiere hanno investito a loro volta.

Hanno realizzato favolosi complessi tra spiagge e distese di prato inglese.

Laghetti artificiali e larghi canali adatti alla navigazione di imbarcazioni, che sono ormeggiate davanti a maestose ville di differenti stili ma ordinatamente costruite una accanto all'altra.

Penso che un giretto per **Port Denarau** sia indicato a chiunque sosti alle **Fiji** per un breve o lungo periodo di tempo.

Di fronte al molo ci sono decine di posti per ancorare la barca a vela, sono disponibili solo a chi prenota con largo anticipo dato il numero ristretto.

Ogni abitazione ha il proprio molo e questo già da un tocco molto prestigioso ed esclusivo contribuendo a creare un'atmosfera suggestiva e caratteristica per un'isola tropicale.

C'è anche un grazioso parco acquatico e l'ancor meglio organizzato centro commerciale a ridosso del porto ben tenuto dove un unico molo serve sia il traghetto che l'aliscafo che fa spola con le alte isole.

È caratterizzato da un atmosfera allegra e dalla presenza di una serie di locali.

Hard Rock Café, ristoranti di pesce, un piccolo supermarket specializzato in scorte cambusa, gazebo con personale che offre escursioni, un centro per i massaggi, sportello bancario, agenzie di turismo, negozi di artigianato, una gelateria, magazzini d'abbigliamento a buon prezzo.

Decisamente un luogo dedicato all'accoglienza e al passaggio dei turisti, che si differenzia nettamente dagli altri quartieri che ho visitato.

Da casa raggiungiamo il piccolo e accogliente centro percorrendo un'ombreggiata pista ciclabile.

Ho deciso che il primo video da girare per **Fiji Bula Bible** sarà su quella ciclabile utilizzando le bici con il manubrio largo stile californiano che ci hanno messo a disposizione.

L'idea piace e non tardo a organizzare le riprese, semplici ma funzionali, per dar l'idea del posto con materiale casalingo.

Un'attività che documentiamo è la visita a piedi di un parco con le cascate.

Un'altra, l'esperienza di lanciarsi con l'imbragatura agganciati a funi d'acciaio appese tra alti alberi *zip line*.

Andiamo a documentare il mercato coperto della frutta.

Scene di vita quotidiana, verdura, pesce, una moltitudine di colori, volti e via vai di persone.

Il lavoro mi lascia tutto il tempo per dedicarmi al surf.

Le onde alle **Fiji** sono riconosciute a livello internazionale e penso che il sogno di ogni surfista sia una session nel famosissimi **Restaurants**, **Namotu left**, **Wilkes pass**, o migliorare il proprio stile nell'onde facili di **Swimming Pool** e **Tavarua right**.

Molte volte andiamo a **Cloudbreak**, spot che per alcuni anni è stato tappa del circuito *WSL* nel quale si confrontano i campioni del mondo di surf da onda.

Riesco a divertirmi procacciando acquirenti per le foto che Niki scatta dalla barca e che vendiamo ai clienti del resort che vogliono vedere immortalata la loro performance nella parete dell'onda.

Alle **Fiji**, in giornate in cui le onde sono talmente grandi che solo alcuni atleti giunti preparati per l'occasione dalle **Hawaii** e dall'Australia si cimentano, mi è facile capire che i surfisti sono stati definiti gli esploratori del ventunesimo secolo.

Nel passato scriveva le mappe chi navigava per il globo al seguito di spedizioni commerciali, per studi, o con lo scopo di colonizzare.

In tempi recenti le foto dei satelliti hanno aiutato a ridisegnare in maniera particolareggiata le cartine delle coste.

Oggi sono i surfisti che esplorano le zone costiere alla ricerca di nuove onde.

Per farlo chiedono informazioni ai pescatori e agli abitanti di luoghi sperduti che per nessun altra ragione verrebbero avvicinati da stranieri.

Chiedete a un surfista e vi saprà dire con alta precisione la conformazione di un fondale, della costa, le caratteristiche legate alle maree, al vento e alla forma di una determinata spiaggia perfino in isole dimenticate.

I surfisti, nelle loro spedizioni, mappano onde in località remote conosciute solo da pochi *locals*.

Hanno dato vita all'industria della accoglienza in posti dove non esisteva.

Al termine del nostro incarico per i nostri amici di **Fiji Bula Bible**, dopo una rapida ed efficace ricerca d'informazioni tra la gente del posto, ho capito che il bungalow più conveniente e strategico è sulla spiaggia di **Momi**, accanto al nuovo *Marriott Resort*.

Momi Eco Beach, non è facilmente raggiungibile, ma in linea d'aria, praticamente di fronte al *reef* di **Tavarua**..

Il desk organizza anche il trasporto da **Denarau**, circa tre quarti d'ora d'auto.

Saliamo in macchina con il loro cuoco che va al mercato per fare la spesa settimanale.

Guida con disinvoltura lungo la strada principale e quando questa diventa sterrata fa una smorfia, forse per il timore di poter rovinare il fondo dell'auto o correre il rischio di bucare.

Non ci bado e mi concentro sul tramonto, di un colore rosso e rosa da togliere il fiato.

Quando saliamo su un'altura fermo l'auto per contemplare questo spettacolo.

Anche lui ne approfitta per rilassarsi e gioire del rito quotidiano.

Con una voluminosa sacca porta tavole e zaini in spalla non abbiamo voluto prendere un bus.

È necessario cambiare ad un incrocio sulla strada principale e non esistono orari ad indicare le partenze.

In seguito lo prendiamo più volte ed è molto divertente, la musica allegra dell'autoradio, il sobbalzare sui sedili per via della strada sconnessa, i finestrini senza vetri ci danno l'impressione di vivere un safari.

Conosciamo presto l'usanza locale di fare l'autostop, quindi non ci capita più di dover pensare ad organizzare gli spostamenti tra spiaggia, mercato e città.

Giungiamo a destinazione che è già sera.

Scesi dalla macchina, siamo perplessi dell'apparenza semplice, abituati alle ville del *Plantation resort* di **Malolo** e degli amici a **Port Denarau**.

A **Momi** vediamo tre bungalows sotto le palme a pochi metri dalla battigia e una costruzione molto semplice che comprende un ambiente unico, molto luminoso, chiuso per lo più da vetrate.

Una volta entrati, ancora storditi dal cambiamento di stile, vediamo a ridosso di tre pareti i letti a castello, al centro un ampio divano con un tavolino e un televisore a schermo piatto.

Vedo penzolare un cavo HDMI, noto quel particolare perché il mega schermo super moderno contrasta con il resto dell'arredamento e l'ambiente immerso nella natura.

Mi rendo conto che possiamo usarlo per guardare tutti insieme le foto di surf scattate da vendere ai surfisti.

Già mi vedo a lavorare incontrando nuovi viaggiatori proprio in questo luogo e quindi capisco che è il posto giusto per continuare il nostro viaggio alle **Fiji**.

Ho una sensazione simile a quando si cerca un appartamento, ne visiti uno e appena entri capisci che è quello giusto.

Si avverte nel corpo piuttosto che a livello mentale.

Continuo a dare un occhiata in giro anche se dentro di me una vocina mi dice che ho già deciso di stare lì.

Ci sono in tutto sei posti letto, il pavimento è pulito e i bagni all'esterno pure.

Contratto il prezzo fino alla cifra di circa 10€ al giorno per entrambi, colazione inclusa.

Chiedo di parlare con il proprietario per proporre una collaborazione come fotografi.

Ho in mente di offrire anche un servizio marketing per spingere la visibilità online di *Momi Eco Beach*, dato che non esistono informazioni chiare né recensioni o foto di clienti.

Mi dicono che arriverà domani, così il mattino conosciamo Steve.

Durante i mesi alle **Fiji** si mostra molto ospitale nei nostri confronti, fino a ospitarci a casa sua a **Suva**, senza chiederci nulla in cambio, quando dobbiamo cambiare la data di volo nell'agenzia della compagnia aerea *AirNiuGini* che non consente di modificare i biglietti a distanza.

Con Steve trascorriamo piacevoli serate sulla spiaggia di **Momi** in compagnia della sua famiglia.

Il mio approccio spontaneo pare piacergli.

Mi lancio proponendo di aiutarlo a pubblicizzare sui social, offrendo le fotografie di Niki, in cambio di un prezzo molto economico per alloggio, uso cucina e trasporto in barca a **Cloudbreak**, che dista solo quindici minuti di navigazione.

Mi ascolta senza interrompermi e sembra capire.

Penso che più di tutto lo colpisce la proposta di incrementare la visibilità del luogo tramite raccomandazioni dei clienti e foto che valorizzino la struttura sulla spiaggia, i pittoreschi tramonti, e i servizi di trasporto ai surfisti che egli offre, con i suoi due motoscafi, a prezzi concorrenziali rispetto al molto più caro **Fiji Surf Co**.

Iniziamo la collaborazione il giorno seguente.

Riesco a lavorare alla pari, poter usare la cucina a piacimento, prendere un passaggio in macchina con il loro cuoco, che abitando a **Nadi** va e viene.

Là posso comprare verdura e frutta, e acqua in taniche da circa venti litri, ed evitare l'uso di bottiglie di plastica.

Inoltre quella spiaggia isolata è collegata con un bus che parte la mattina e torna la sera.

Pianifichiamo ogni tanto scappatine a **Nadi**, siamo indipendenti durante la nostra permanenza.

Tutto sembra andare per il meglio e il primo mese passa così velocemente che non riesco a capacitarmene.

Non ne ho mai abbastanza di surf e quando le condizioni sono ideali andiamo negli spot di **Cloudbreak**, **Restaurants**, **Namotu left**, **Swimming pool** e **Wilkes Pass**, la famosa destra potente.

Le onde delle **Fiji** sono quasi tutte perfette e si possono trovare condizioni per surfare offshore o senza vento.

Apprezzo il trascorrere del tempo in questo modo, la possibilità di conoscere tante persone con una passione in comune e ascoltare le loro storie, viaggi di surf, scambiare opinioni, raccogliere contatti per esser ospitati in futuro al di fuori dai circuiti turistici ed allo stesso tempo con un'accoglienza al pari livello.

Dopo esser stati ospiti al **Momi Eco Beach**, dobbiamo cambiare sistemazione perché sono sorti problemi tra i proprietari e il nuovo acquirente.

Optiamo per il **Rendezvous Surf Camp**.

Non c'è scelta migliore, anche se il primo giorno mi manca l'atmosfera estremamente tranquilla della spiaggia dove abbiamo abitato per un mese.

Diventiamo presto amici del gruppo di giovani fijiani che gestisce la struttura, tanto che ancora oggi ci sentiamo e ci hanno invitato a tornare per collaborare come fotografi e per gestire le relazioni con i clienti in cambio di vitto e alloggio.

Quello che più ci piace è trascorrere le serate vicino al fuoco che accendo ogni sera sulla spiaggia a due passi dalla nostra stanza, sul lato esterno del surf camp a sufficiente distanza dal ristorante.

In questo modo tengo lontane anche le poche zanzare, il fumo del focolare evita di usare il repellente.

Spesso e volentieri Niki cucina pesce e verdure secondo la tradizione indonesiana, infilzandoli in bastoncini di palma che usa come spiedini.

Adoro vederla tagliare in modo preciso rami e foglie fino a ricavarne degli utensili per cucinare.

Cucinare all'aperto sulla spiaggia, con la luce delle stelle e della luna che si riflette sull'acqua scura dell'oceano, ci da la sensazione di vivere in una casa tutta nostra immersa nella natura.

Il pesce è quello pescato durante le soste in barca, nelle pause dalle fotografie per lei.

Alle **Fiji** sembra di essere immersi in tutti gli elementi: acqua, terra, fuoco e aria.

Dalla stanza possiamo ascoltare lo sciabordio della risacca sulla vicina riva di sabbia corallina.

Non sentiamo la mancanza di nulla, ma non sappiamo ancora che quella sensazione sarà momentanea!

Mi trovo davvero bene con i fijiani e il loro stile di vita tranquillo, e la prospettiva di vivere lì in pianta stabile si fa sempre più allettante.

Presto uno di loro si propone come socio, mi può aiutare a presentare il mio piano economico all'Ufficio Governativo Investitori, che poi passerà al vaglio del Dipartimento per lo Sviluppo e Immigrazione.

Voglio acquistare un terreno rurale che mi ha mostrato, con tanto di vista sull'oceano e dell'isola di **Tavarua** e ottenere il permesso per costruirci casa.

Seguo la via tradizionale, che consiste nell'incontrare il capo del villaggio dell'area a cui appartiene il terreno, e prendo parte alla cerimonia di *Kava* per presentarmi ufficialmente.

Siamo in tre, io, lui e il mio socio, in un rituale breve ma intenso, scandito dalle parole del capo che il socio traduce mentre sorseggiamo *Kava* che ci viene versata dalla donna di casa.

A seguito di questo incontro, viene preparata una cerimonia a cui partecipano le famiglie del villaggio alle quali il capo chiede di accogliermi nella comunità.

Dopo alcuni giorni ricevo un documento con quaranta firme che serviranno per depositare l'accordo all'ufficio centrale del Demanio.

Il geometra incaricato della pratica sgrana gli occhi quando gli consegno quel foglio con le firme!

Capisco che questo procedimento per via tradizionale è molto raro e difficile da ottenere. Accelera il processo burocratico che ho avviato negli uffici governativi per acquistare il terreno.

Nel tempo record di due mesi ottengo il permesso per trasferirmi alle **Fiji** e iniziare a investire in quella che credo sia la mia nuova strada.

Ho anche ideato un piano di sviluppo per l'attività di produzione e vendita di **Microgreens**, piantine che crescono in due settimane dalla semina, richiestissime dagli chefs degli hotel.

Le usano in cucina per insaporire i piatti di carne e di pesce, di verdure e i dolci.

Ho scoperto l'esistenza di quelle erbe-spezie con grandi proprietà nutritive grazie al socio fijiano, il quale ha vissuto alcuni anni in California, dove i **Microgreen** sono diffusi.

Da lì gran parte delle cucine internazionali hanno iniziato a usarli, specialmente nelle località esotiche, dove non sono disponibili erbe aromatiche tipiche del Mediterraneo.

Il mio socio ha preso contatto con l'ufficio acquisti di un hotel, basterà avviare la prima produzione in loco e le prospettive di guadagno sembrano sicure.

Conosciamo il potenziale del mercato dato che le strutture alberghiere delle **Fiji** importano già notevoli quantità di **Microgreens** dalla **Nuova Zelanda** per via aerea.

Non esistono coltivatori sull'isola, anni prima uno c'era che poi ha chiuso l'attività andando in pensione, almeno così mi è stato detto.

Sto concretizzando l'idea di creare lavoro e di continuare a vivere in quel paradiso terrestre contornato dal paradiso liquido per surfisti.

Tavarua e **Namotu** a 20 minuti da casa.

Un sogno!

Una delle cose che ho imparato è che se chiedi una cosa all'universo, devi esser pronto ad accoglierla.

Io non lo sono.

Quando il turbine degli eventi si calma comprendo che sto prendendo decisioni affrettate dettate dall'entusiasmo iniziale ma in realtà ho ancora bisogno di acquisire nuove informazioni e far sedimentare il tutto, soprattutto capire se è quello che davvero voglio.

Imparo quanto eccitante sia l'idea di poter vivere alle **Fiji**.

È questa emozione che mi sta spingendo a lasciare l'Italia?

Mi domando se mi vedo da lì a dieci anni a vivere in un'isola così lontana da tutto, e non so darmi risposta.

Pur essendo una necessità saperlo.

Voglio vivere secondo lo stile fijiano del quale mi stavo nutrendo?

Rifletto sulla cultura mediterranea, l'arte italiana.

Lì avrò poca possibilità di fruirne.

Avrei sì soddisfatto parte delle mie esigenze, ma non la visione di vita che ho in mente.

Capisco che l'uso di domande aiuta a fare un viaggio dentro se stessi e a fare la scelta migliore ma non ho ancora fatto il passo successivo.

Devo trovare "puntualmente" risposte chiare alle domande che affiorano.

Mi rendo solo conto da dove proviene l'eccitazione.

Il surfista è perennemente *stoked* una volta che assapora il *tuberiding* fijiano!

Capisco che non ho sufficiente conoscenza del mio socio fijiano.

Acquistare quel terreno rurale così conveniente dal punto di vista economico?

Che cosa sarà dell'attività di produzione quando vorrò visitare l'Italia o viaggiare?

Mi fido abbastanza di un uomo conosciuto solo un paio di mesi prima?

Sicuramente agirà nel suo interesse e non nel mio.

Lasciargli tutto in mano?

Come surfista pellegrino ho imparato che nel dubbio è meglio non fare nulla.

Nel mio caso significa non intraprendere nuove azioni.

Progetti scaturiti in così breve tempo...

Meglio aspettare di sentire una spinta che venga da dentro piuttosto che dall'esterno.

Niki non si fida pienamente del potenziale socio fijiano, ne parliamo a lungo e io decido di credere nel suo intuito femminile che già altre volte ha dimostrato di azzeccare nel valutare le persone.

Stabiliamo di lasciare le **Fiji** e andare in Perù.

Più sensato dedicarci all'esplorazione delle Ande e delle tradizioni del suo popolo di origini millenarie e, se mai sentiremo la spinta di tornare sui nostri passi alle **Fiji**, nulla ci ostacolerà.

D'altronde le decisioni e le scelte che facciamo non sono per forza definitive, si può sempre cambiare opinione e strada sulla base di nuovi elementi, eventualmente chiedere scusa alle persone coinvolte per realizzare nuovi obbiettivi.

Tutte le volte che ripenso alle isole del Pacifico medito sulla situazione che mi ha fatto cambiare idea rispetto il comprare terreno, avviare una permacultura e tirar su casa.

Ora capisco che la felicità vera è quella condivisa con le persone che scegliamo di volere accanto.

Lì non potevo creare una comunità perché le distanze sono un forte limite agli incontri sociali.

Le relazioni e la complementarietà con le altre persone, la cerchia dei pari, che ci creiamo sono fondamentali.

10 – LA QUALITÀ DELLA VITA

"L'attività umana in ogni suo genere manifesta un magnetismo di se stessa. Per il successo in ogni tipo di attività, il requisito più importante è quello di sviluppare l'appropriato tipo di magnetismo." Swami Kriyananda, Yogi fondatore delle "Colonie della Fratellanza Mondiale di Yogananda".

I fijiani per un verso sono allegri, calorosi, rilassati, ma c'è il rovescio della medaglia.

Una larga fetta di persone si alimenta di junk food, cibi industriali pieni di esaltatori di sapidità, ricchi di sale, zucchero bianco, conservanti, grassi saturi e non distingue i prodotti naturali da quelli raffinati e processati con sostanze nocive.

Probabilmente inseguono il sogno americano di prediligere la dimensione economica a quella esistenziale, il possedere e accumulare cose all'importanza delle emozioni e della salute.

Ha senso dedicare tanta attenzione al consumo, ai piaceri del gusto, al sapore creato in modo artificiale piuttosto che al vivere in armonia con la natura e i suoi sapori spesso delicati, ora dolci ora amari, eppur ricchi di fitocomponenti?

Ognuno è libero di scegliere.

Io mi sono documentato con esperti di nutrizione di formazione accademica e biochimici, esprimo fatti provati.

Sono molto attento a quello che mangio, prediligo prodotti freschi, non industriali, a quelli confezionati, lavorati per durare a lungo sugli scaffali e quindi privati di vita e valore nutritivo.

Spesso sono deriso per le mie fissazioni di evitare sale iodato, latte vaccino, zucchero bianco e farine raffinate, ma io non me ne curo, io mi curo col cibo invece.

Ogni volta che incontro altri viaggiatori interessati alle mie scelte spiego brevemente che farine ricche di glutine rallentano il metabolismo, aumentano la durata del processo digestivo lasciando un senso di pesantezza.

Da bambino e in adolescenza non avevo ancora studiato l'alimentazione e mi accasciavo sul divano dopo i classici pranzi familiari italiani dove riuscivo a mangiare anche due o tre piatti di pasta fatta in casa, impastata a mano.

Da quando sostituisco consapevolmente alcuni cibi pesanti con altri più freschi e mi impegno a fare due passi dopo i pasti anziché appisolarmi mantengo costante il livello di energia senza quei cali che avevo da giovane inconsapevole.

Ho conosciuto e viaggiato con Sylvie, famosa surfista ungherese, vegetariana fin da bambina, non per scelta ideologica ma per igiene pratica acquisita.

L'ho sempre vista portarsi appresso una scorta di pane senza glutine che si fa preparare prima della partenza da un panificio di fiducia e una volta arrivata a destinazione visita i mercati locali, ricchissimi di varietà di frutta tropicale e verdura fresca per approvvigionarsi di avocado e altre prelibatezze di stagione.

In questo modo può prepararsi la colazione che preferisce ogni volta che si reca fuori dal mondo civilizzato.

Riflettendo sull'esempio che mi ha trasmesso mi rendo conto che mi ritrovo anch'io a comprare frutta e verdura per farne una scorta prima di surfare.

È bene variare e non mangiare le stesse cose tutti i giorni.

Noto che Sylvie spesso fa delle sessioni di surf molto brevi e penso che sia per mancanza di forze dovuta a una dieta ferrea.

Poi un giorno qualcosa cambia in meglio.

A colazione le chiedo il permesso di darle un consiglio.

Ho notato come surfa e voglio che prenda più onde, quindi accenno al fatto che mi sono accorto che mangia sempre le stesse cose, seppur nutrienti non sono probabilmente sufficienti per una sportiva come lei.

Le dico gentilmente che fossi in lei prenderei in considerazione di assumere altri nutrienti energetici come miele, curcuma, pepe di Cayenna, propoli, e le consiglio di informarsi guardando i video di cucina della giovane surfista professionista Tia Blanco.

Sono così felice che quei discorsi interessino Sylvie e mi sento orgoglioso quando ricevo conferme da parte sua dell'efficacia di alcuni cambiamenti nella sua alimentazione.

A distanza di tre mesi ci incontriamo in un'occasione di lavoro.

Mi dice che ha aggiunto nuove sostanze nutritive alla sua alimentazione, e si è informata sulla fitoterapia e l'integrazione alimentare a base vegetale.

Ed ora in effetti si sente meno stanca.

Penso che è logico, mi domando come facesse prima ad avere il carburante per lo sforzo muscolare che compie ogni giorno!

Rifletto su questo episodio e sulle nostre discussioni e mi rendo conto che il mio parere sulla nutrizione ha trovato terreno fertile in questa amica.

Infatti Sylvie è già abituata a curarsi con terapie naturali quali l'agopuntura, a mantenersi in salute svolgendo attività fisica quotidianamente e a praticare tecniche di respirazione che ha fatto sue.

Ho un'altra prova che cambiare parte delle abitudini alimentari aiuta molto.

Sylvie realizza nuovi progetti che prima posticipava per mancanza di forze.

Lei stessa mi conferma di avere maggiore energia a disposizione durante le attività giornaliere.

Surfiamo insieme dopo il lavoro e la vedo prendere molte più onde rispetto il suo solito.

Sta a ciascuno di noi informarsi e decidere come nutrire il proprio corpo.

Non sono per le diete rigide ma prediligo la salute.

La scelta di eliminare i quattro veleni bianchi, sale iodato, latte vaccino, zucchero bianco, farina bianca, non è estrema.

Il sale iodato industrializzato si può sostituire con il più salutare sale marino integrale o del sale rosa.

Limito il latte vaccino, assumo formaggi di capra, di pecora e adoro il "latte" di mandorle, soprattutto con un cucchiaino di curcuma e mezzo di pepe di Cayenna sciolti in una tazza.

Probabilmente per il suo colore dorato questo miscuglio era chiamato nettare degli dei e funziona come antinfiammatorio naturale.

L'alternativa allo zucchero bianco industriale è lo zucchero "integrale" non raffinato.

Il quarto cibo che sostituisco è la farina bianca.

Dopo anni di ricerche e approfondimenti, ho capito che fa bene alla salute se mangiata con moderazione, se assunta subito dopo la lavorazione nei mulini senza lasciar trascorrere troppo tempo dalla macinazione alla tavola.

Preferisco sostituirla con prodotti a base di farine integrali, macinate con la buccia, che oggi si trovano facilmente in commercio.

Ho capito che il primo contatto con il mondo materiale è quello con il cibo.

Nel 2008 in un self service indiano a **Singapore** leggo una frase che non dimentico più che fa scattare una molla dentro di me:

"You are what you eat".

Può sembrare strana, ma io sono un pellegrino del surf e, a partire da quella frase, ho elaborato un piano alimentare per stare bene con me stesso e gli altri esseri viventi del mondo.

Il mio principio è quello del reducetarian-esimo, ovvero l'assunzione di meno carne, termine coniato da **Brian Kateman**, un docente universitario americano.

Brian ha scritto un libro intitolato *La Soluzione del Reducetarian-esimo: Come il sorprendentemente semplice atto di ridurre la quantità di carne nella tua dieta può trasformare la tua salute e il Pianeta*.

Mostra che ridurre l'assunzione di tali prodotti a una o due volte la settimana ha grande impatto sulle risorse del pianeta oltre che sulla salute.

Leggo i risultati delle recenti ricerche scientifiche dove si concorda nell'affermare che uno stile di vita basato sulla varietà delle fonti di nutrienti, prediligendo frutta e verdura fresche e farine macinate artigianalmente, è la scelta giusta, sana e responsabile.

Tutti possiamo nutrirci senza pregiudicare la nostra salute diminuendo i danni all'eco-sistema. Produzioni intensive, accelerate, non aiutano l'environment, anzi!

Il gusto non indica qualità, è volatile come la moda, effimero, è prodotto con additivi chimici per ingannare i nostri sensori, risponde a criteri soggettivi, creati dal priming della pubblicità, mentre la qualità non è un criterio meramente soggettivo, perché altrimenti non verrebbe riconosciuta da tutti.

Qualità è ciò che rende la vita qualcosa che vale davvero la pena di vivere.

Che cosa realmente consideriamo come qualità della vita?

Che cosa significa vivere una vita di qualità?

Per esempio aver la possibilità di cambiare, di trasformare le proprie credenze, convinzioni, evolvere o rimanere legati al possesso di beni materiali, aspirare a conformarsi con gli altri oppure a creare qualcosa di unico durante la propria vita?

Vivo una vita che vale la pena di essere vissuta, di qualità?

Posso scoprire come, cambiare per raggiungerla?

La vita è bellezza, incanto e meraviglia, la vita è creatività, scoperta, ricerca.

La qualità della vita si scopre nelle relazioni.

Aprendosi agli altri, al cambiamento, al diventare, senza chiudere porte ne rimanere aggrappati alle proprie piccole certezze o ai propri schemi mentali.

"La Paura è avere una sensazione di separazione dagli altri"

come dice pubblicamente *Mauro Scardovelli*, ex professore universitario, ora psicoterapeuta e formatore indipendente, creatore di *UNIAleph*, un'università integrata per educare alla complessità.

Ecco in che modo le relazioni sono lo specchio del nostro modo di affrontare la vita e gestire la paura ci aiuta a migliorare la qualità di vita.

Vale la pena di viverla fino in fondo, non perdere nessuna occasione!

Vale la pena di creare una vita migliore per le generazioni future, per gli altri e per noi.

Per godersi un alba o un tramonto, per passeggiare sotto le stelle.

Per smettere di correre.

Per fermarsi un momento.

Per vivere in pace.

11 – QUANTO SONO LONTANO

"Sii consapevole di cosa sei e di cosa vuoi diventare. Puoi ribaltare la tua vita dalla A alla Z. Niente è impossibile, crederci è tutto ciò che ti serve. Non aspettare la fortuna, limitati a piantare semi." Serge Kahili King, un esperto in Hawaiian Shamanism.

C'è un ultima esperienza del mio anno di surf alle **Fiji** che voglio condividere.

L'ultimo giorno alle **Fiji** mi sveglio all'alba.

Salgo sul motoscafo con un ristretto gruppo di amici.

Sappiamo che stamattina ci saremo infilati, *covered-up*, in un'onda infinita di **Restaurants**.

Il vento è offshore, la marea secca mostra il *reef* a ogni **barrel** che srotola davanti ai nostri occhi.

Arrivati allo *spot* tutto a un tratto diventiamo come bambini che si muovono e saltano velocemente per prendere le nostre tavole, e remare fuori.

Gran ricordo quella *surfing session*.

Pare di vedere delle dita di roccia che entrano e escono dalla schiuma delle onde ogni volta che l'acqua viene risucchiata dal *reef*.

Mi infilo la muta di due millimetri a gamba lunga e maniche corte per proteggermi da potenziali cadute, *wipe outs*, di sicure dolorose conseguenze, e dalla forte brezza mattutina.

Sia l'aria che l'acqua si stanno rinfrescando di parecchi gradi.

Indosso anche il caschetto per le occasioni estreme che mi ha dato un amico sardo prima di partire.

Sulla *line up* ci scambiamo sorrisi d'intesa e partiamo.

Remando sull'onda del set che arriva un po' esternamente rispetto al picco, sento attraverso la sottile imbottitura del casco che gli amici mi stanno incitando.

> *"Go Luca, Go. It's yours!"*"

Infatti l'onda sta venendo nella mia direzione e sono quello meglio posizionato per il set che sbuca magicamente all'orizzonte.

Mi giro andando incontro a quella che sembra una parete di due metri d'acqua, spessa, che avvicinandosi continua a crescere.

Mi pare tre metri quando mi giro per partire.

La coda della tavola si alza ed ora posso planare alzandomi per disegnare una linea alla base dell'onda, usare tutto il bordo della tavola e veloce, ritornare sulla parete che inizia a creare il **barrel**.

Mi metto in posizione di stallo per rimanere coperto il più a lungo possibile nelle pareti d'acqua.

Quello è il momento!

Tutto si rivela nella surfata di una centinaia di metri su quell'onda.

Quell'unica session è sufficiente per dare a un sognatore la consapevolezza e la comprensione dell'essenza di ciò che il surf esprime.

Torno sulla barca, il mio sguardo sugli gli amici, so che stanno pensando a quale la prossima onda da prendere, mentre remano verso la *line up* per posizionarsi in attesa della prossima occasione di *take off*.

Mi siedo e li guardo.

Pochi amici surfisti e le migliori onde là fuori.

Sto sperimentando la concentrazione, il divertimento e la felicità, la gioia e la gratitudine, e in ultimo il potere della mente.

Immaginare di potercela fare e poi passare all'azione!

Rifletto e mi accorgo che in quel momento capisco che cosa significa per me il surfing, è il modo di affrontare la paura di essere liberi!

Tramite la pratica posso imparare a vivere pienamente la mia essenza imparando a farmi amica la paura.

Nelle tre foto emergono momenti di estasi mentre mi cimento nel tuberiding.

12 - EPILOGO

" Ho imparato ad esser consapevolmente responsabile delle
mie scelte, della nostra co-creazione della realtà. "

Ho raccontato come, nel 2017 ho iniziato a collaborare con un potenziale socio fijiano, tirandomi poi indietro.

Ho imparato ad esser consapevolmente responsabile delle mie scelte, della nostra co-creazione della realtà.

Durante e dopo la mia esperienza alle **Fiji** ho finalmente capito che il nostro vero viaggio è quello interiore, l'unico di valore inestimabile, che ci insegna a vivere nella nostra realtà sia soggettiva sia in comunità.

Ho esplorato le parti più recondite del mio essere, andando a fondo nel riconoscere le mie paure, gli stress, le abitudini errate che ci condizionano, ci bloccano, ci fanno vivere nella paura, nell'ansia, nel disagio.

Mi sono reso conto che ogni volta che non giudico me stesso o gli altri, non mi paragono agli altri, non sono invidioso, non mi lascio sopraffare dai sogni degli altri, non sono vittima delle azioni degli altri, non sono materialista e incastrato nel consumismo dilagante, posso raggiungere i miei sogni.

Ritrovo l'energia interiore addormentata e la vitalizzo per realizzarli.

Il mio sogno è stato raggiunto passo dopo passo, in salita, mica discesa!

Il sentiero di montagna che ho percorso e che sto percorrendo è motivante.

Puntando alla meta, man mano che si cammina in salita, i paesaggi cambiano e aumenta il campo visivo, si intravvedono nuove vette.

Se guardo in alto, oltre a godere, ringraziare *Pachamama* e gioire della vista, posso scorgere sempre nuove mete, i miei obiettivi.

Rifletto e li trascrivo in micro obiettivi che, raggiunti, saranno sostituiti da nuovi.

Capisco che quando li visualizzo in base alla scala dei valori positivi in cui credo ed uso l'entusiasmo come carburante delle mie azioni, posso farcela.

Sto ora coltivando il sogno di visitare le persone che vivono e sono cresciute alle Hawaii.

Nella loro lingua **Hawaii** significa "Il respiro e l'acqua del Divino".

"Ha" vuol dire ispirazione, il ciclo del respiro, respiro divino, che è considerato il movimento puro della vita, *"Wa"* acqua e *"i"* divino.

Hawaii, terra d'acqua, di gioia, di sciamani e di spirito.

E il vostro sogno qual è?

"Aloha" è il mio saluto a tutti noi sognatori.

"Alo" stare presenti.

"Ha" respiro divino, come nella parola **Hawaii**.

Quando salutiamo qualcuno gli stiamo riconoscendo la sua essenza divina e la nostra compresenza nel respiro divino.

Gli stiamo dicendo:

> "Ti benedico e ti ringrazio perché se tu sei qui è perché Dio ti ha inviato."

La benedizione di *Aloha* implica la mia presa di coscienza, di responsabilità, che tu sei qui per me.

Questo anche quando accade qualcosa di spiacevole, o che giudichiamo tale.

Aloha. Ti benedico e ti ringrazio, anche quando mi hai portato problemi, per avermi dato la possibilità di cambiare.

Se tu sei qui è perché mi porti un messaggio, se questa cosa accade è perché io sto co-creando questa realtà.

La co-creazione è un concetto che possiamo approfondire ricercando quali siano i fondamenti spirituale e curativi della cultura hawaiana, ed il suo uso delle tecniche dell'**Ho'oponopono**.

Un tramonto immortalato dalla spaiggia del surf camp Rendezvous alle Fiji.

Meditazione a Machu Picchu, Perù.

13 – LA MIA STORIA

Oggi vivo a Bali in una comunità internazionale nell'isola da molti definita *The Last Paradise*, e sono in Indonesia dal 2016.

Sono nato il 25 maggio 1978, a Milano, primo di tre figli, di cui una sorella Giulia. Lo sport ha fatto la differenza.

Prima il karate e poi il tennis. L'attività fisica ha sempre fatto cornice alla mia vita, tenendomi impegnato e sano fino ad oggi.

Ero molto magro per cui ho dovuto fin da subito prendere cura del mio corpo, conoscere come affrontare le fatiche, le tensioni dovute ai disturbi di respirazione complicati da rotture del setto nasale.

La prima svolta della mia vita.

All'alba dei 16 anni il grande cambiamento. Un operazione per aprire il setto nasale.

Il medico mi disse:

> "Adesso ragazzo respirerai per la prima volta in modo nuovo, non più dalla bocca".

Da quel momento posso allenarmi con migliori risultati.

Nuoto, surf, corsa, bici, esercizi a corpo libero accompagnano gli anni al liceo.

Arrivo all'età dell'Università e del militare e mi trasferisco da Milano in provincia di Latina dove, grazie alla conoscenza della lingua inglese, inizio a lavorare come impiegato.

Il ruolo di servizio clienti estero per una multinazionale nel settore nutrizione e poi cosmetici, dura alcuni mesi, con la promessa di un nuovo impiego la mio ritorno.

Parto per il militare, ancora d'obbligo ed io abile ed arruolato, e al ritorno sono assunto a tempo pieno a Latina.

In questo periodo sperimento cosa significa vivere da solo, mettere tutto me stesso nella carriera e venire promosso manager all'età di 26 anni.

È la mia palestra di vita fuori dalla famiglia.

La seconda svolta della mia vita.

Canarie, Brasile, Viareggio diventano terreno per la mia nuova attività e passione.

Lascio la carriera decennale corporate, dedico tutto me stesso gestendo alcune scuole di surf con clienti internazionali.

Dal 2006 al 2016 passo anni straordinari ricchi di esperienze, viaggi, evoluzione personale e imprenditoriale.

Avevo semplicemente rispolverato un brevetto di istruttore di surf che era rimasto chiuso nel cassetto per anni.

La mia idea di diventare allenatore aveva preso forma rapidamente e con discreto successo.

Mantenendomi con un lavoro che avevo deciso avrebbe impegnato solo 6 mesi l'anno mi potei dedicare allo studio di discipline che spaziavano dalla riflessologia plantare, alla digito pressione, la PNL, programmazione neuro linguistica, tecniche di coaching fino a completare una formazione che definisco *total body-work*.

La terza svolta della mia vita.

Combinando le esperienze in campo professionale, inizio a viaggiare in Asia visitando anche alcune isole dell'oceano Pacifico.

Mi guadagno da vivere con pubbliche relazioni, presentandomi come Somatic Coach e riuscendo a creare progetti di fotografia sportiva, di personal branding in svariate comunità surfistiche e centri yoga in cambio di vitto e alloggio.

Decenni di esperienza di vita a contatto con imprenditori di ogni paese visitato, mi portano oggi ad avere un posizionamento sul mercato della formazione e del coaching.

Ho vissuto diverse trasformazioni facendo mie le conoscenze culturali che uso quotidianamente per mantenermi in forma ed aiutare gli altri a fare lo stesso.

La quarta svolta della mia vita.

Con la pandemia del 2020 ho cancellato tutti i viaggi e i progetti programmati e mi sono immerso nella cultura balinese, per poter vivere a contatto con i principali centri yoga.

Diventare parte di una comunità multietnica mi ha arricchito.

Mi sento una persona migliore da quando insegno yoga, meditazione, surf e tecniche di coaching.

Mi dissero che se prendi l'arte e la metti da parte te la puoi cavare in ogni situazione.

Beh io ho verificato.

Funziona!

GLOSSARIO DEL SURFISTA

A-frame

Picco di forma simmetrica che rompe in entrambe le direzioni simultaneamente, generando un onda destra e una sinistra.

Barrel

Barile. Quando l'onda diventa ripida e tuba.

Tubo, ovvero un'onda che si arrotola su se stessa, al cui interno si surfa.

Billabong XXL Performance Award

Premiazione, che si svolge una volta l'anno e viene trasmessa in diretta streaming. I migliori surfisti sulle le onde più grandi nelle località diventate famose grazie a questo campionato.

I *Big Wave Awards* comprendono diverse categorie, per ognuna delle quali sono nominate tre persone e tra queste viene proclamato il vincitore, nello stile della serate degli oscar del cinema.

Anche l'italiano Francesco Porcella è stato premiato nel 2017 per il wipe out più pericoloso dell'anno.

Si può far riferimento a WSL, www.worldsurfleague.com, che è l'organo che gestisce questo campionato e quelli del circuito professionistico mondiale.

Break point

Punto di rottura su roccia o corallo. Dove l'onda si infrange. Dove il surfista prende l'onda con il *take off*.

To drop, drop in

Salire su un onda sulla quale è già presente un surfer. L'atto può far cadere chi ha la precedenza, o quantomeno impedirgli di godersi il suo turno. Rubare l'onda è infrangere le regole.

Chi non si attiene alle regole non scritte perde il rispetto degli altri surfisti che condividono la stessa sessione di surf, a volte ti puoi trovare nei guai con questo comportamento.

Duck-dive

La manovra per oltrepassare un'onda immergendosi con una tecnica che richiama quella dell'anatra, la quale spinge sott'acqua la testa e alza dietro di sé una zampa verso l'alto.

Sfruttando la spinta di questo movimento la parte superiore del corpo va sott'acqua più facilmente.

Il surfista usa questa tecnica, afferrando con le mani i bordi della propria surfboard che spinge sotto di se e in avanti, per passare sotto alla turbolenza delle onde che gli rompono davanti.

Freesurf

Surfare liberamente, con l'intento di provare intense emozioni in connessione profonda con la natura, gioia, gratitudine, divertimento, rispetto, condivisione, piuttosto che essere spinti da un'attitudine aggressiva o competitiva o per il semplice fine di allenarsi.

Freesurfer

Un professionista che invece di partecipare ai campionati di surf si dedica al freesurf, alla partecipazione in video di surf, alla musica, a promuovere attività di preservazione ambientale. Donavon Frankenreiter e Dave Rastovich sono freesurfers sponsorizzati da Billabong.

Glassy

Onda con superficie liscia come il vetro, una condizione prediletta dal surfista perché la velocità della tavola aumenta rispetto a quando il vento può modificare o rallentare il movimento del surfista.

Goofy

Surfista che si alza sulla tavola con il suo piede destro davanti e quello sinistro posizionato sulla coda della tavola.

Grommet

Giovane surfista.

High tide

Alta marea. In alcuno luoghi del pianeta la marea varia molto, in altri poco, per cui è bene procurarsi una tabella delle maree, tide chart, quando si viaggia.

Una volta in formato cartaceo, oggi facilmente consultabile online sui siti specializzati.

Oggi esistono orologi che indicano l'altezza della marea delle principali località surfistiche del mondo.

Kelly Slater

Indiscusso pluri-campione che per molti anni è stato il più giovane e il più prolifico atleta del Campionato Mondiale di Surf *World Surf League*.

Un paio d'anni fa ideò e realizzò la prima onda meccanica in piscina, *Waveranch*, in cui ora si svolgono gare del circuito mondiale.

Stanno sperimentando la competizione a squadre per verificare il format che potrà essere utilizzato per il campionato olimpionico in Giappone nel 2020.

Line up

Area dove i surfisti aspettano le onde. Si chiama cosi per si suppone che tu ti metta in fila, *to line up*, aspettando il tuo turno.

In alcuni *spots* è consigliabile guardare sempre all'orizzonte per verificare l'arrivo di sets anomali o far riferimento a un punto di fissato sulla terra ferma per orientarsi quando si è sulla superficie in movimento dell'oceano.

Locals

Persone locali, del posto. Un fenomeno tutto surfistico è il localismo quando le persone del posto si comportano aggressivamente per proteggere il proprio *lineup* che pensano come onde di loro proprietà.

Personalmente ritengo che le onde non appartengano a nessuno ma condivido alcuni aspetti del localismo, per esempio il fatto che bisogna rispettare i *locals* e allo stesso modo pretendere rispetto da loro facendo vedere che si è in grado di farsi portare dall'onda.

Non tollero gli atti che scaturiscono dal comportamento eccessivo di alcuni *locals* che sfociano in casi spiacevoli di non rispetto delle regole base del surfing e casi vandalismo verso le macchine dei *visitors*.

Longboard

Tavola da surf di lunghezza superiore a 9 piedi. Ci sono modelli di 7 e 8 piedi che si chiamano *malibu* o *mini-malibu*.

Sono molto utili per facilitare la remata, per compiere delle manovre e figure molto eleganti.

Siccome sono molto voluminose rispetto alle *short-boards*, anziché la tecnica *duck dive* si pratica l'*eskimo roll*, che consiste nell'afferrare i bordi della tavola e girare il *longboard* sottosopra quando si vuole superare l'ostacolo di un onda che si infrange davanti.

Per la scelta del longboard ideale al livello di surf e agli spot frequentati è consigliabile interpellare shapers, il negoziante di fiducia o l'istruttore qualificato che mostreranno le caratteristiche della tavola.

Natural

O *Regular footer* indica la posizione sulla tavola, in inglese *Stance*, con il piede sinistro in avanti.

Si usa per differenziare da chi invece surfa piede destro in avanti, *Goofy*.

I termini *Goofy* o *Natural / Regular* sono comuni nella pratica degli sport da tavola quali *skateboarding*, *snowboarding*, *kite-boarding* e *wakeboarding*.

Off the lip

Letteralmente "oltre il labbro dell'onda". Far uscire la tavola, o per lo meno la punta della tavola, dalla parte superiore dell'onda. *Lip* è il labbro dell'onda.

Off shore wind

Vento da terra.

Favorevole per il surfing perché alza la parete dell'onda e la rende bella rotonda. Magari meno liscia rispetto condizioni *glassy*. Con un forte vento da terra può risultare difficile il take off perché bisogna remare più potentemente tra spruzzi d'acqua che rendono la partenza cieca.

Quando si fa un *take off* così accecati si fa affidamento alla propria confidenza contando solo alla propria sensibilità e *muscle memory*.

On shore wind

Vento che soffia dal mare verso la riva, che schiaccia l'onda e fa franare la parete molto velocemente.

In questo caso si sfrutta spesso la schiuma che può dare una spinta alla tavola per prendere velocità.

Paddling

Remare. Gesto fondamentale del *surfing*, serve a prendere il largo dirigendosi verso le onde e a dare velocità alla tavola per effettuare il *take off*.

Meglio remi, più onde prendi.

Pick up

Passaggio. Servizio di trasporto tra aeroporto e camera per dormire, spesso è gratuito, offerto da chi ospiterà se viene avvisato in anticipo.

Porta tavole

La sacca da viaggio per trasportare da 2 a 3 tavole.

Si spinge con delle rotelline fisse a una estremità e si apre con una cerniera che fa il giro intorno alla sacca.

All'interno si mettono le surfboards ben protette con materiale da imballaggio per evitare danneggiamenti durante imbarco e sbarco.

Esistono anche delle sacche leggere per ricoprire le tavole, che vengono chiamate calzini, proteggono dal sole e dalla sabbia anziché dagli urti.

Rastrelliera per impilare le tavole orizzontalmente o verticalmente.

Quiver

La serie di surfboards che il surfista dispone per affrontare le diverse condizioni del mare e altezza delle onde.

Secondo alcuni *shapers* sono almeno cinque le surfboards che compongono un *quiver* decente. Si scelgono tenendo conto della bravura e corporatura, della forma fisica di ciascun surfista, e delle onde che si affronteranno.

Rocker

La curva verticale di una tavola, quando è sdraiata su una superficie piana.

Il *rocker* è probabilmente il fattore singolo più importante, della forma della tavola, che determina il suo funzionamento in acqua.

La curva del *rocker* inciderà in particolare quando la tavola da surf viene inclinata curvando.

Se il *rocker* è pieno e rotondo, la tavola girerà con un arco stretto e tagliente.

Se il rocker è più blando o piatto, la tavola è più veloce e quando inclinata disegna un raggio più ampio.

Alcuni *shapers* disegnano il *rocker* come una curva continua molto liscia, mentre altri shapers variano la curva lungo la sua lunghezza, impennandola in punta.

Il punto in cui il surfista fa pressione sulla tavola da surf determina quale parte del rocker è impegnata con l'onda.

Questo è il motivo per cui le tavole hanno un punto dolcissimo, un luogo che, quando si trova, fa sentire il surfista a proprio agio e consente la massima manovrabilità.

Shaper

Colui che dà la forma, *shape*, alla schiuma centrale, il cuore della tavola.

Artigiano che utilizzando pialla, sega, flessibile con disco e cartavetro costruisce modellando surfboards partendo da un blocco di poliuretano espanso.

Lo *shaper* decide, insieme al cliente, le misure precise della tavola.

Spessore, lunghezza e larghezza personalizzando l'opera finale, che completa rivestendo con uno strato di tessuto di fibra di vetro imbevuto di resina.

Da alcuni anni un altro parametro è stato aggiunto, il volume espresso in litri.

Il galleggiamento è infatti fattore determinante, sia quando nuoti, che in fase di *take off* ed è in relazione al peso del surfista.

Set

Le onde arrivano in *sets*, gruppi. I *sets* si susseguono a intervalli regolari o variabili in base alla marea e alla grandezza e periodo della *swell*.

Il periodo è lo spazio, in secondi, tra due onde. Rappresenta la distanza che la *swell* ha percorso prima di raggiungere la costa. Più è alto più sono separate le onde tra di loro.

La *swell* propagandosi sulla distanza si fa più regolare e potente, anche se perde altezza, acquista potenza. Le onde si uniscono in larghezza e si separano tra di loro strada facendo.

Shortboard

Tavole di lunghezza ridotta, che offrono meno galleggiamento e più manovrabilità permettendo specifiche performances dettate dalla caratteristica dell'onda e del surfista.

Per la scelta è utile farsi consigliare da un esperto e valutare la forma fisica, la frequenza con cui si va a surfare, il livello di bravura.

Si sceglieranno la concavità della tavola, il galleggiamento, la forma dei bordi più o meno curvati e il rocker.

Stoked

Sensazione d'eccitamento, soddisfazione, in attesa o dopo una surfata notevole.

Surf House o Surf Camp

Struttura simile a un ostello dedicata alle necessità del surfista.

Di solito gestita da surfisti o persone che sanno indicare dove e quando andare a prendere le onde in base alle condizioni meteo e marine locali.

Spot

Posto. Definisce un onda con un nome di fantasia o del luogo.

Ono *spot* è chiamato *beach break* quando si infrange su un fondale di sabbia, mentre se è il fondo è roccia o corallo è un *point break* o *reef break*.

Point break

Indica un onda che regolarmente si srotola sempre nello stesso punto, a causa del fondare di roccia o corallo.

Surfista pellegrino

Chi viaggia raccogliendo informazioni da altri viaggiatori, impara un nuovo modo di muoversi, da spazio alle proprie intuizioni e conosce le persone che praticano surf.

Chi viaggia per il *surfing* evitando il circuito turistico e si affida a persone appassionate per trovare alloggio, pasti e servizi di trasporto.

Surfed out

Stato che indica quando si è stanchi per il troppo surfing.

Quando si è *surfed out* ci si prende un giorno di pausa e si approfitta per riposarsi, fare yoga o allungamenti dei muscoli, preparandosi della prossima sessione in acqua. Oppure si esplora la zona chiedendo informazioni di prima mano agli abitanti del luogo.

Swell

Mareggiata. Nel Mediterraneo le più frequenti sono le *wind swell*, generate dal vento. Quelle con vento di Maestrale, generate da perturbazioni con basse pressioni sotto i 1000 ettopascal, producono solide *swells* e alte onde.

I venti che si generano s'intensificano attraversando e incanalandosi tra i Pirenei e le Alpi prima di giungere sulle coste meridionali della Francia e spargersi in tutto il mar Ligure, Tirreno, canale di Sardegna.

Anche le *wind swell* di Libeccio e Scirocco producono onde nelle coste italiane.

Le *swell* che interessano le varie coste del pianeta dove si pratica surf sono fotografate dai satelliti e successivamente alcuni esperti, oggi algoritmi, elaborano i dati generando grafici e le leggibili tabelle consultabili online.

I parametri che definiscono una *swell* sono la direzione, l'altezza e il periodo delle onde.

La forma dell'onda è comunque dovuta alla conformazione del fondale, alle maree, alla direzione del vento e ad altre variabili del luogo.

Le previsioni meteo danno solo informazioni sul movimento del mare e solo i *locals* conoscono alla perfezione gli effetti delle varie condizioni sui fondali del luogo.

La variabilità di queste caratteristiche influenza la qualità delle onde in un determinato momento del giorno.

Si dice che c'è una *swell window* quando si apre, per un breve lasso di tempo, un periodo in cui le condizioni sono favorevoli. Per questo motivo i surfisti che pazientano e aspettano la *window* per entrare in acqua sono quelli che hanno maggiori chances di surfare buone onde.

Take off

Atto di alzarsi sulla tavola quando si prende un'onda.

Da sdraiati si rema con le braccia poi, quando la tavola inizia a planare, ci si alza sulle gambe con un rapido balzo.

Bodysurfing è quando prendi le onde usando solo pinne senza tavola, con tanto nuotare.

Il *bodyboarding* si pratica appoggiando pancia e petto su una tavoletta relativamente morbida in schiuma poliuretanica, simile a quelle che si usano per nuotare in piscina, ma più grande e performante, con volume maggiore per poter entrare nella parete dell'onda.

Il *bodyboarder* spesso si accovaccia in posizione raccolta, mette un piede su e fa pressione sulle zone di controllo del *bodyboard*.

La spinta del bacino e delle ginocchia, la postura raccolta e la posizione della testa influiscono molto sulla riuscita della surfata.

Tail

Coda di una tavola dove il surfista posiziona il piede posteriore.

Con una spinta che parte dal bacino e percorre tutta la gamba, interessando soprattutto le ginocchia, è possibile generare una pressione in questa zona per controllare la velocità.

La spinta fa sì che si possa cambiare direzione una volta che il movimento della parte superiore del corpo anticiperà la manovra che si sta effettuando.

I tipi di tail sono:

1. *Round*

Rotonda. Conferisce una buona manovrabilità e un andamento morbido durante le manovre in cui effettua un cambiamento di direzione.

2. *Square o Squash*

Squadrata. La curvatura à interrotta da due angoli acuti e una linea retta. Aumenta la reattività della tavola in curva e quindi serve al surfista per compiere acrobazie precise con rapidi cambi di direzione.

3. *Swallow*

Coda di rondine. La cui forma ricorda la pinna posteriore di un pesce o un triangolo. Entra di più nell'acqua e consente una maggior tenuta e stabilità della tavola, in curva è morbida, e gira più lentamente.

4. *Pin Tail*

È a punta e serve soprattutto per onde veloci e tubanti. Si incassa nella superficie dell'acqua con meno attrito rispetto alle altre forme.

Esistono anche altre forme. *Rounded Square, Rounded Pin, Saw, Fish* simile alla pinna caudale di un pesce, *Bat* simile al profilo di un'ala di pipistrello.

Time out

Tempo fuori dall'acqua. Può essere un tempo di attesa in vista di una nuova mareggiata o da dedicare alla ricerca di un luogo dove poter sfruttare al meglio la direzione della mareggiata, il vento e le caratteristiche della *swell*.

Tow-in

Una moto d'acqua ti traina dentro l'onda. Solitamente in una grande onda.

Si forma un vero e proprio team tra il surfista e il pilota del jet-ski.

Come nel caso dello sci d'acqua o del wakeboard si afferra con le mani una maniglia, detta bilancino, dalla quale parte la fune di circa 10 metri collegata all'altra estremità sulla moto d'acqua.

Nel *tow-in* su grandi onde si usano anche degli *straps* ovvero due lacci fissati sulla tavola nei quali inserire i piedi e ottenere maggior controllo nelle condizioni di onde estreme.

Tube

Tubo, porzione cava di un'onda che si rompe.

Tubing

L'atto di surfare dentro un tubo, molto ambito dai surfisti, che durante il *tubing* surfano dentro l'onda.

Si dice anche *cover-up*, letteralmente ricoperto, ovvero il surfista è dentro l'onda che si arrotola su se stessa.

Alcuni amici hawaiani usano il termine *get pitted*, farsi ficcare, per indicare il surfista lanciato dentro la parte cava dell'onda.

Uno scatto dal fotografo Scott Winer che incontro durante una mattina trascorsa a Cloudbreak.

DESCRIZIONE DELLE ONDE

Le onde sono destre o sinistre. Il surfista sceglie la direzione in base alla caratteristica dello spot, o del momento.

Per nulla una scelta casuale. È frutto di una decisione volta a sfruttare al massimo la parete d'acqua che si forma costituendo una vera e propria rampa per compiere manovre in velocità.

Il seguente è un elenco di luoghi in cui si trovano onde significative.

Are Goling

Una baia sulla costa est di Lombok che produce un'onda destra di qualità e una sinistra su *reef*, adatta a tutti.

Lavora bene nei mesi della stagione secca.

Consiglio *Are Goling Beach Bungalows*, che conosco bene avendo lavorato come guida e pubbliche relazioni con gli ospiti.

Tony, il proprietario, è uno dei primi emigranti del surf a Lombok e saprà consigliarvi su qualunque spot vogliate raggiungere.

Buona cucina e camere confortevoli.

Arugan Bay

Famosa onda destra a sud est dello Sri Lanka, buona da maggio a settembre. Di solito non supera i due metri d'altezza.

Adatta a tutti i livelli, può tubare dopo la partenza dal picco principale.

Cloudbreak

Forse l'onda più consistente del Pacifico nei mesi da marzo a settembre, una sinistra che lavora quasi ogni giorno con o senza vento, che quando è presente è spesso *off shore*.

Quando la *swell* supera i 6 piedi, 2 metri, è consigliabile entrare in acqua solo se si ha una buona condizione fisica e preparazione mentale perché se si finisse nell'*inside*, ovvero nella zona in cui l'onda si è già infranta, dove ribolle la schiuma, e non si riesce in nessun modo a raggiungere la parete surfabile, bisognerà cavarsela da soli a meno che non ci sia il supporto di moto d'acqua che va concordato in anticipo.

Questo *spot* è facilmente raggiungibile con motoscafi o con le piccole imbarcazioni locali, mettendosi d'accordo con chi propone il trasporto. Costa da 30 dollari fino a un massimo di 100 dollari.

I più convenienti sono quelli dei resorts economici e tra i più cari si annoverano quello di **Surf Fiji & Co**, che possiede anche l'omonimo e unico negozio di surf nella cittadina di **Nadi**, ad eccezione del negozio sportivo a **Port Denarau** che ha una piccola sezione dedicata a materiali e tavole, e uno stabilimento che ripara e costruisce tavole.

Le onde di **Cloudbreak** sono molto lunghe e ripide, formano tre sezioni e spesso l'ultima regala gran bei tubi dai quali bisogna uscire con molta velocità per poter bucare la parete o saltare fuori dato che il fondale è basso.

Ci sono vari riferimenti sulla terra ferma per capire dove posizionarsi e in condizioni di grandi onde si prende un riferimento anche lateralmente, in linea d'aria tra le isole di **Namotu** e **Tavarua** all'orizzonte.

In condizioni di alta marea tutti i riferimenti cambiano e la massa d'acqua che si muove a ogni onda può far perder orientamento al surfista per cui è consigliabile remare facendo un giro bello largo per evitare l'inside.

Con *swell* importanti e superiori a 8 piedi, 2 metri e mezzo misurati da dietro, solo esperti e temerari si avventurano nella prima sezione.

Invece in caso di onde di un metro o due la prima sezione consente di posizionarsi molto in profondità all'interno del *reef* senza incappare in particolari difficoltà.

Quando più *swell* s'incrociano nella stessa giornata il picco può spostarsi di continuo offrendo una *line up* molta estesa.

In questo caso consiglio di far attenzione ai set anomali per bucarli con *duck dive* profondi.

Nei giorni caratterizzati da una sola *swell* il clima in acqua è molto più disteso e diventa un vero parco giochi per grandi e *grommets*.

Colas o Coke

Onda destra alle **Maldive** che prende il nome dal deposito della Cocacola. Sull'atollo, da qualche anno, ci sono alcune strutture per ospitare i surfisti.

Surfabile con tutte le maree, in bassa e con una *swell* consistente è consigliabile a chi ha praticità col tubo.

Macaronis left

Onda lunga oltre i 400 metri che si rompe nel sud delle **Mentawai** a Sumatra.

Diventata famosa perché facilmente surfabile anche nella sezione tubante.

Ci si deve andare almeno una volta nella vita.

Consiglio il *Macaronis Mentawai Surf Resort*, www.macaronisresort.com, per chi vuole organizzare una vacanza all'insegna del surf senza privarsi della compagnia di partner, figli e parenti.

L'onda è surfabile con tutte le maree e lavora con qualsiasi condizione di vento e durante tutto l'anno!

I mesi migliori sono quelli da maggio a settembre seppure numerose *swell* di notevole interesse colpiscono il *reef* di **Macaronis** anche nei restanti mesi dell'anno.

Basti pensare che il resort chiude solo un paio di settimane a dicembre per consentire la manutenzione della struttura circolare in legno, appositamente ideata da un architetto giapponese per resistere a sisma e tsunami.

I proprietari sono australiani e ospitano i clienti con molto calore che fa piacere in quel luogo assai remoto.

Per gli ospiti è previsto inoltre il trasporto verso i *surf spots* limitrofi quali la sinistra **GreenBush** per gli amanti del *tubing*, la destra **Roxies** ideale a tutti i livelli, oltre a *spots* di buona qualità come **Rags Right, Rednuht, Moglies, Thunders**.

C'è anche la possibilità di fare lezioni di surf a **Fish Fingers** su fondale di sabbia accanto alla laguna del resort.

Namotu left

Onda di conformazione concava con partenza molto lenta perché la parete non è ripida ma man mano che srotola si fa più verticale fino a tubare nella sezione centrale.

L'ultima sessione è aperta e meno alta per cui è quindi più adatta a manovre morbide come *cut back* e *re-entry*, due termini che indicano la tecnica per ritornare sulla schiuma dell'onda per riprendere velocità quando la parete dell'onda è meno ripida.

Palikir Pass

A **Ponhpei** nello Stato Federale della Micronesia si rompe questa destra che non è uno scherzo affrontare.

Quando la misura supera il metro e mezzo e la marea è bassa i *goofy* affronteranno un rischioso *take off* in *backside*, rivolgendo la schiena verso al parete dell'onda, e la faccia verso il tagliente corallo.

Sul *reef* esterno a nord-nord ovest, è conosciuta come **P-Pass**, è veloce e tuba due volte, con il labbro bello sparato in avanti.

Il fondale è molto basso e ricco di una notevole varietà di coralli che sebbene arricchiscono lo spettacolo offerto al surfista, con loro variopinti colori fluorescenti, sono molto taglienti.

Per questo mentre si surfa è essenziale saper cadere con un movimento controllato, senza andare in profondità, se non si vuole rischiare grosso.

Ho assistito a scene di surfisti che hanno sbattuto sul fondale e perso conoscenza.

Con la bassa marea qui non si scherza!

Con onde piccole **P-Pass** è adatta a tutti i livelli ma bisogna comunque aver confidenza ed esperienza di *reef break*.

A **Pohnpei** esistono altri *spots* molto meno consistenti e maggiormente esposti al vento per cui è molto raro che gli operatori locali siano disposti a portarvici in barca, adducendo come pretesto motivi di sicurezza.

P-Pass è comunque abbastanza consistente, il maggior affollamento è di un paio di dozzine di surfisti e spesso ci si trova soli con il proprio gruppo.

Questo aspetto rende l'onda una meta speciale.

Praia da Pipa

Località in Brasile tra **Natal, Rio Grande do Norte** e **Joao Pessoa**, famosa per i surfisti e i festaioli, molto frequentata in concomitanza con le principali festività.

Ho lavorato qui come istruttore e guida di surf per il *Surf Camp Pipa* www.surfpipa.com. L'ideatore, l'italianissimo Roberto, saprà consigliarvi i migliori spots. *Beach breaks* o *point breaks*, per lo più con onde destre.

Affitta varie stanze per tutte le esigenze.

La sua scuola di surf è ben gestita da istruttori qualificati e le onde a **Praia do Madeiro** sono lunghe, divertenti e frequentate dai cuccioli di delfino.

Restaurants

Alle **Fiji** è una sinistra che può svilupparsi in varie sezioni che, il più delle volte, sono collegate offrendo la possibilità di surfare la parete per centinaia di metri.

Anche l'ultima sezione può tubare, qui spesso è consigliabile rompere il *lip* con una manovra decisa per far avvolgere l'onda in un veloce tubo.

L'onda prende il nome dal ristorante di **Tavarua** che è di fronte allo spot.

È opportuno consultare le previsioni per verificare che la direzione della *swell* sia propizia ad attivare lo spot che lavora con la bassa e media marea.

Dare un'occhiata è sempre consigliabile perché lo spot può regalare delle sessioni di surf eccezionali per il *tubing*.

È sufficiente chiedere di farsi portare lì a chi conduce il motoscafo o la barca e lui non farà obiezioni dato che lo spot è molto accessibile.

Se qualche surfista che condivide la barca non se la sentisse di surfare **Restaurants** ci si può far lasciare per un'ora o due sullo spot e farsi poi venire a prendere.

A volte ci sono molti surfisti sulla *line up*, però c'è molto rispetto per le precedenze, per cui non ci sono problemi di sorta specialmente se il periodo della *swell* è alto e i *sets* arrivano regolari.

Facendosi avanti senza esitare nessuno ostacolerà il surfista nel prendere le sue prime onde.

Spesso un'onda di ogni *set* rompe a una decina di metri a sinistra del picco principale per cui ci si può posizionare all'esterno e avere molte chances di prendere un'onda franante nel take off.

In questo caso non serve aspettare il proprio turno pur rispettando le regole di precedenza.

Ci si deve ricordare che nella successiva sezione la stessa onda può facilmente tubare soprattutto se si rompe il lip con una manovra decisa.

Sultans

Onda destra alle **Maldive** accanto all'atollo che ospita **Himmafushi**.

Molto consistente e di facile accesso a tutte le imbarcazioni che offrono charters per surfisti.

Lavora con tutte le maree.

Accanto rompe anche la sinistra, più tonda e corta rispetto alla destra.

Attenzione alle forti correnti specialmente nei momenti di cambio di marea.

Lo spot è un *A-frame* perfetto e molto divertente quando la direzione della *swell* è propizia.

Swimming Pool

Onda destra di un color azzurro talmente trasparente che ricorda una piscina, da qui il nome dello *spot* sul lato opposto di **Tavarua** rispetto a **Restaurants**.

In presenza di una consistente *swell* vale la pena fare una surfata per godere delle onde adatte anche a un livello medio basso, ai *longboards* e ai *SUP*, acronimo di *Stand Up Paddle* tavola in cui si sta in piedi, tipo gondoliere, usando un remo a forma di pagaia per spostarsi su una superficie d'acqua piana o per partire su un onda.

T-Land

Onda sinistra a **Timor**, si raggiunge in giornata da **Bali** con un volo e il traghetto o con due voli.

Meglio organizzarsi velocemente con i biglietti aerei perché appena compare sulle mappe una *swell* che colpisce la zona questi si esauriscono in fretta.

Poco frequentata proprio a causa dei limitati posti sui voli.

Forma una parete lunga centinaia di metri e molto regolare, regge tutte le misure di *swell* e il fondale è piatto per cui meno rischioso rispetto onde che srotolano su *reef*.

Nella zona di **T-Land** sono presenti anche altre onde destre e sinistre di ottima qualità. Serve decisamente un trasporto via mare per ottimizzare i tempi per raggiungere gli *spots*.

Molto difficile trovare affollamento sulle *line ups*.

Wilkes Pass

Onda destra di fronte a **Namotu** ma dal lato opposto del canale, *pass*, dove spesso ci sono due picchi, uno esterno e uno più interno e profondo sul *reef*.

Le correnti sono meno insistenti rispetto a **Namotu left** perché la linea d' onda non è concava.

Alle **Fiji** ci sono anche *spots* sull'isola principale di **Viti Levu**, raggiungibili dalla spiaggia, adatti ai principianti.

Restourants, Tavarua, Fiji, foto della mia compagna di viaggio che mi ritrae durante l'ultimo giorno di quel viaggio.

RINGRAZIAMENTI

Tante persone ce l'hanno messa tutta affinché questo libro nascesse e fosse comprensibile, e io provo grande gratitudine verso tutti loro.

I miei ringraziamenti a Piera, che ha mostrato di credere in questo libro, tanto da essermi venuta a trovare in **Indonesia** per constatare di persona come sto vivendo a contatto con la natura e rendersi conto di quante persone ricche di felicità, prima ancora che di soldi, vivono nelle isole tropicali.

Ringrazio lo scrittore australiano e viaggiatore del mondo Sergio Bambaren i cui innumerevoli libri, tra cui *"Il delfino e vela bianca"*, sono stati i miei migliori amici negli anni difficili dell'adolescenza, in cui mi sentivo a disagio e quasi sempre fuori luogo.

Le sue visioni e i suoi racconti mi hanno supportato nella speranza di aprirmi a nuovi orizzonti, mi hanno sostenuto facendomi mantenere in vita la credenza che al di fuori del mio piccolo mondo di adolescente, fatto di sfide quotidiane, esiste un mondo incredibile da esplorare.

Sergio Bambaren mi ha dato la spinta per costruire un percorso di vita fuori dagli schemi, senza paure, libera dal giudizio altrui, dai sensi di colpa, dalla timidezza.

Ringrazio di cuore le insegnanti Angela Mondia, Nadine Losa e Antonella Catelli per avermi trasmesso il metodo con cui attraversare le paure, ascoltare il corpo, determinare la propria storia personale, aiutare le altre persone con il tocco, la musica e il respiro.

Con i metodi di massaggio imparati grazie ai loro oggi riesco ad aiutare proficuamente e in tempo record a rilasciare le tensioni muscolari alcuni surfisti bloccati nelle zona scapolare dopo ore trascorse tra le onde.

Grazie a tutta la famiglia Ekis, in particolare a Roberta Liguori che attraverso il suo esempio di *master trainer*, la sua tenacia e grinta sia in aula sia durante le gare di triathlon e al suo favoloso libro *"Io sogno forte"*, ha contribuito a rimettermi in gioco frequentando il *Master in coaching* della rinomata azienda di Livio, Andrea e Roberto.

Grazie alle sessioni con allenatori sportivi, di yoga, del pensiero, di vita, che ho conosciuto negli ultimi anni, ho imparato che se ricolleghi i tuoi schemi di pensiero, hai la possibilità di reinventarti.

Sono grato e fiero di aver la fortuna di aver incontrato tanti amici italiani appassionati di surf con cui ho condiviso le conoscenze per approfondire il programma *"Surf e coaching"*, l'etica e le tecniche per affinare il lavoro di istruttori e sono orgoglioso del loro coraggio nell'aver aperto surf camps all'estero.

Siamo in grado di mantenere le nostre relazioni dopo tanti anni, in particolare con Roberto di **Surf Camp Pipa** in Brasile, che mi ha dato la possibilità di insegnare ai turisti nelle spiagge del nordest.

Con Edoardo di *Chill* in **Ericeira**, un bellissimo surf camp in **Portogallo** che spero di visitare un giorno.

Con Damiano che ha aperto e gestito la *Shock Wave Surf School* al **Cotillo** di **Furteventura**.

Con Malika, creatrice di un Surf Camp in **Senegal**.

Con Ale e Giuse di *Kite Surf Lanzarote* nella spiaggia di **Famara** dove ho campeggiato una notte con l'inseparabile compagno di avventure Mattia.

Con Massimo di *Surfness Lodge* in **Portogallo**, che ammiro per aver contribuito a diffondere questa magnifica disciplina, che ci riconnette con l'energia della natura.

Con Marco e Loris, che hanno mollato un lavoro sicuro in Italia per trasferirsi alle **Canarie**, ricominciare da zero con la motivazione di poter vivere a contatto con le onde dell'oceano atlantico tutto l'anno.

Silvia e Nicola di *Casa Asia*, che gestiscono da dieci anni il loro ristorante hotel a **Bali**.

Li considero dei precursori della comunità italiana di surfisti che si sta sviluppando nella penisola del **Bukit**, famosa per la concentrazione dei più rinomati *point breaks*.

Nicola dà, a ogni surfista che si reca per la prima volta a **Bali**, molte informazioni utili su dove andare a surfare.

La sua struttura, dove potrete alloggiare, dista pochi chilometri dai famosi spot di **Uluwatu**, **Dreamland**, **Balangan**, **Padang Padang**, **Bingin**, **Impossible** o chi preferisce allontanarsi dall'ormai crescente affollamento.

L'esempio di tutti voi è di grande valore e lo è pure quello di tutti gli istruttori che ogni estate si dedicano al lavoro nelle scuole di surf delle coste italiane.

Infine ringrazio i miei genitori che fin dall'età di tre anni mi hanno mostrato come si fa a viaggiare in autonomia, in particolare quando il campeggio libero era ancora consentito ovunque in tutta Europa.

Mia sorella Giulia, che ha capito la mia esigenza di vivere a contatto con la natura, mantenendomi con lavori che non portano a una carriera di successo, ma mi consentono di vivere decorosamente in giro per il mondo.

APPENDICE

Ecco una raccolta di immagini, note e ricordi che celebrano le onde surfate e luoghi che mi han dato emozioni speciali.

Restourants, Tavarua, Fiji

"L'onda fotografata dall'isola privata di **Tavarua**, in questo momento sto felicemente nell'onda, il fotografo Scott Winer ha colto l'istante e sullo sfondo si nota l'isola di **Malolo**."

"Quando mi chiedono quale sia il posto che preferisco per surfare, rispondo che la mia onda favorita è **Restourants**, che prende il nome dalla zona dei ristoranti dell'isola privata di **Tavarua**, zona sulla quale si affaccia lo spot."

Claudbreak, Tavarua, Fiji

"Una delle onde che ho più temuto per la sua imprevidibilità durante le grandi mareggiate."

Restourants, Tavarua, Fiji, Oceano Pacifico.

"...vento da terra, marea bassissima, indosso la muta e sono in pieno confort in quelle latitudini del Pacifico all'alba quando il sole ancora non scalda."

Palikir Pass, Pohnpei, Micronesia

"Onda non facile surfata di spalle, ma lo *shaper* di North Shore Fuerteventura ha preparato una tavola vecchio stile, *pin tail*, lunga 7 piedi con cui mi sento confidente qui a **P-Pass**."

Nan Madol, Micronesia, isola di Pohnpei

"In posa per mostrare l'ingresso e le imponenti mura perimetrali del complesso megalitico di basalto, il sito più grande presente nel Pacifico."

Lombok, Indonesia

"L'alba ad **Are Goling** è uno momento che culla l'anima al risveglio. Immergermi nei colori riflessi sul mare e dipinti nel cielo ho la sensazione di vivere la vita fino in fondo. Perfezione e splendore."

Munduk, Bali, Indonesia

"Twins waterfall, ovvero la cascata dei gemelli, in compagnia di Giulia e Piera. Vivere felicemente ha senso solo condividendo i momenti emozionanti."

Mentawai, West Sumatra, Indonesia

"Qui il labbro dell'onda ha creato una forma di cuore, amo l'emozione di surfare in posti incontaminati."

Macaronis Resort, Sud Mentawai, West Sumatra, Indonesia.

Se ti è piaciuto, lascia per favore una recensione su Amazon.

Leggi di più sul mio sito: https://lucabider.com

Seguimi su Youtube: https://www.youtube.com/LucaBider

Linkedin: https://www.linkedin.com/in/lucabider

Instagram: https://www.instagram.com/lucabider_coach

www.ingramcontent.com/pod-product-compliance
Lightning Source LLC
Chambersburg PA
CBHW060112260626
47160CB00005B/1864